DENTRO
DO NOSSO
SILÊNCIO

Karine Asth

DENTRO
DO NOSSO
SILÊNCIO

Copyright © 2022 by Karine Asth

A Editora Paralela é uma divisão da Editora Schwarcz S.A.

Grafia atualizada segundo o Acordo Ortográfico da Língua Portuguesa de 1990, que entrou em vigor no Brasil em 2009.

CAPA Alceu Chiesorin Nunes e Nik Neves
ILUSTRAÇÃO DE CAPA Nik Neves
PREPARAÇÃO Fernanda Belo
REVISÃO Marise Leal e Luciane H. Gomide

Os personagens e as situações desta obra são reais apenas no universo da ficção; não se referem a pessoas e fatos concretos, e não emitem opinião sobre eles.

Dados Internacionais de Catalogação na Publicação (CIP)
(Câmara Brasileira do Livro, SP, Brasil)

Asth, Karine
    Dentro do nosso silêncio / Karine Asth. — 1ª ed. —
São Paulo : Paralela, 2024.

   ISBN 978-85-8439-426-5

   1. Romance brasileiro I. Título.

24-216410   CDD-B869.3

Índice para catálogo sistemático:
1. Romances : Literatura brasileira   B869.3

Cibele Maria Dias – Bibliotecária – CRB-8/9427

Todos os direitos desta edição reservados à
EDITORA SCHWARCZ S.A.
Rua Bandeira Paulista, 702, cj. 32
04532-002 — São Paulo — SP
Telefone: (11) 3707-3500
editoraparalela.com.br
atendimentoaoleitor@editoraparalela.com.br
facebook.com/editoraparalela
instagram.com/editoraparalela
x.com/editoraparalela

Para Mateus, Julia e Ceciliano

1

2008

Como sempre você está atrasado. Por um segundo, acredito que tenha desistido. A ideia vem tão fácil quanto uma vontade, e antes que tome forma prefiro não dar cabimento. Enquanto o aguardo na sala de reunião, folheio revistas de seis meses atrás, notícias de famosos que em nada impactaram a minha vida. Imagino que seu advogado entrou em contato no dia anterior para combinar os detalhes. Não que pudesse haver algum conflito, se desde o início sabíamos exatamente o que ficaria com cada um. A partilha financeira nunca foi um problema.

De acordo com o relógio na mesa, após meia hora de espera, você e o Raul descem do elevador. Em nove anos, nunca o vi usando roupas engomadas em compromissos diurnos. E ali está você, dentro de um terno cáqui e uma camisa branca impecável, em contraste com meu vestido reto e azul-marinho de mangas três-quartos. Se esta fosse uma ocasião social, definitivamente você ouviria alguns elogios, o que me faz questionar se existe uma intenção por trás dessa escolha. Mais uma vez, afasto tais considerações.

Paredes de vidro separam as diversas salas do escritório do dr. Padilha. Quem está do lado oposto da entrada consegue ter uma visão ampla de toda sua dimensão. Vejo você se dirigindo à recepcionista enquanto o Raul atende uma ligação, e, ao se virar para a direção oposta, presumo que as orientações não foram claras. Então você para em frente à jarra de água e se serve. Senta-se na poltrona ao lado, passa as mãos pelo cabelo e solta uma respiração profunda, que quase posso ouvir aqui do outro lado. Já perdi a conta de quantas vezes o vi fazer a mesma sequência de gestos, em outras circunstâncias, sinalizando uma tentativa de se acalmar antes de retomar uma discussão. Na maioria das vezes, não funcionava. Pelo menos, não no fim. Seu olhar percorre todo o espaço até que me alcança. Eu me viro imediatamente, um tanto desajustada. E pouco tempo depois vocês entram na sala.

— Ana, boa tarde.

— Boa.

Se não fosse pela assistente do dr. Padilha, minha fala terminaria ali. Quando ela abre a porta, toda redonda nos seus oito meses de gestação, não consigo conter uma risada. Só pode ser a mais perversa ironia. E, ainda assim, peço desculpas.

O diálogo fica com os advogados. Nós permanecemos calados em nosso conformismo. É um fim de tarde em meados de março. Nunca vou me esquecer da luz, da contradição entre o frio do ar-condicionado e os raios de sol que atravessam a fachada espelhada. Eles incidem sobre as paredes e a mesa, criando uma mistura de cores entre o pêssego e o salmão. De alguma forma, os feixes aquecem a sala e tornam o momento mais tolerável. Sinto a ponta dos dedos gelados e, por baixo da pele, as veias se destacam. Estamos a pouco mais de um metro de distância e, se eu esticasse os braços, você poderia segurar minhas mãos. Ao invés disso, trago-as para perto de mim. Percebo que não usa sua aliança, não que eu esperasse vê-la. Não uso a minha também. No lugar delas, ganhamos uma marca em um tom a menos que nossa pele. Nosso silêncio me é estranho, apesar da frequência com que ocorreu nos últimos tempos. É outro tipo de silêncio, o que diz haver uma coragem das duas partes de deixar isto acontecer. Uma palavra e tudo poderia ser diferente.

Não sei explicar como o processo em si transcorre, não me lembro bem. Enquanto os advogados leem as formalidades, meu olhar está perdido em algum lugar entre o Cais de Santa Rita e o Recife Antigo, uma vista privilegiada do trigésimo segundo andar do JCPM. Quando me dou conta, todos os papéis estão assinados e um grito ecoa na minha cabeça. Um grito de protesto, ignorado.

Há uma leveza no ar, uma brisa fora de época. Estou em casa, agora somente minha. Tento me lembrar da expressão nos seus olhos, em vão. Durante todo o tempo, mantive os meus longe de você. Não estava disposta a testar o limite entre minha força e minha fraqueza. Fecho a porta e me deparo com o de sempre, apesar de tudo parecer novo. Não consigo avançar. Olhando ao redor, percebo que o vento está prestes a derrubar o porta-retratos da mesinha lateral, logo o que exibe a foto da nossa primeira dança.

Não importa se os móveis e todo o resto ainda estão lá. Mais presente do que eles, há o vazio. Deito no sofá e me pergunto se ele sempre foi tão grande. Sobra tanto de mim aqui. Contemplo o teto a três metros de distância; fiz questão de um apartamento com pé-direito alto, tarefa quase impossível. Ele precisou recorrer à cobertura de uma construção antiga e, claro, à boa parte da sua equipe, para quebrar paredes e reformar todos os cômodos nos dois andares do que seria nossa futura casa. Depois de pronto, afirmou ser o meu presente de casamento. Mas o que acabou sendo o maior presente de todos foi o que chamávamos de minha biblioteca, projetada alguns anos depois da reforma. Aqueles doze metros quadrados passaram a ser o refúgio de todos os dias.

Nem a cozinha, onde posso testar minhas receitas, exerce o mesmo efeito, talvez por não ser um território só meu, como a biblioteca. Lá ninguém entra. As estantes ocupam três das quatro paredes, uma delas reservada aos títulos de culinária. Sempre tive imensa dificuldade em me desfazer deles. Até hoje tenho meus primeiros exemplares, alguns de vinte anos atrás, quando ganhei o primeiro de todos. Lembro-me da empolgação que senti ao ser presenteada por minha mãe com a edição em capa de couro do livro de receitas da Dona Benta. Encostado na metade inferior da parede há um pequeno sofá de dois lugares, cor de terra, onde eu costumo ler. Ao lado, uma pilha de nove ou dez livros de capa dura dão forma à mesinha de canto que apoia um pequeno abajur em formato de cogumelo. Do outro lado, uma estante disposta em retângulos uniformes do chão ao teto. Nela mantenho meus romances e minhas novelas. Não existe ordem. São separados de forma aleatória, o que às vezes me custa um bom tempo para encontrar um. Quando transferi todos os meus títulos para esse cômodo, cheguei a separar os autores entre clássicos e contemporâneos. Havia inclusive duas ou três prateleiras dedicadas apenas aos prêmios Nobel. Hoje é possível encontrar Jorge Amado, Beckett e Virginia Woolf numa mesma pilha. Com a terceira parede, ele me impressionou. A pintura lembra um céu nublado. Mais tarde soube que a artista veio de Fortaleza somente para realizar o nosso projeto. Minha mesa fica ali. Sempre preferi os dias frios de chuva, como os de minha infância.

Não foi de repente, como se um dia tivéssemos nos deitado e no outro o caos estivesse lá. Foi um processo gradativo, tão silencioso que, enquanto acontecia, não percebemos. Quando nos demos conta do estrago, o reparo se tornou impossível. Tudo de melhor que um dia houve entre nós parecia ter se esvaído, as conversas, as risadas, o olhar, a amizade. Rebaixamo-nos à categoria de estranhos. Essa foi a pior parte.

A ressaca do dia seguinte é a pior da minha vida. No minuto em que me deito no sofá, ligo o som. "Ironic", da Alanis Morissette, começa a tocar de um CD esquecido há alguns meses. E então elas vêm. Todas as lembranças dos últimos anos da minha vida. São como um castigo, lembranças tão fortes que me fazem amanhecer com uma baita enxaqueca. E, talvez por não ter ingerido nenhum tipo de alimento sólido, o estômago reclama. Passo quase uma hora no banheiro, vomitando todas as dores e arrependimentos que sinto, misturados ao líquido esverdeado de bile.

Só estou de pé há uns dez minutos quando ouço a campainha tocar. Abro a porta e minha irmã passa direto por mim:

— Por que não atende o celular? — Ela usa uma roupa muito parecida com um pijama. — Estou ligando desde ontem à noite.

— Maria, por favor, fala baixo. Minha cabeça está explodindo.

Ficamos na sala. Eu deitada com uma almofada no rosto, ela se movimentando entre o sofá e a varanda.

— Você bebeu?

— Não.

— Como não? E essa cara de ressaca?

— Não bebi. Só estou com um pouco de enxaqueca.

— Vim aqui para ver como você estava. — Enquanto fala, ela pega algo na bolsa, dirige-se à cozinha para encher um copo d'água e me entrega os dois. — Toma isso. Vai te ajudar.

— O que é?

— Aspirina. — Ela se recosta na mesinha de centro. — E então? Como foi?

— Nada demais. Não durou nem meia hora. — A verdade é que não faço ideia do tempo que passei naquele escritório. — Só assinamos e fomos embora.

— Ana, sou eu. Eu sei que não foi como assinar um contrato.

— Então você entende que agora só quero ficar aqui deitada. Não estou a fim de conversar. — Prefiro manter os olhos afastados dos de minha irmã ao dizer isso, então viro o rosto na direção do recosto do sofá.

Maria não é só minha irmã mais velha, é minha melhor amiga. E se tem uma coisa que ela sabe fazer muito bem é apenas estar lá. Se não estou disposta a conversar, ela respeita. Já passamos horas deitadas olhando o teto. Em certas ocasiões, por mim. Em outras, por ela. Devo admitir que, nos últimos tempos, faço mais uso da sua companhia do que ela da minha. Somos assim. Perdemos nossa mãe muito cedo, e o velho seu Humberto é daqueles românticos incuráveis. Depois de se tornar viúvo, nunca quis voltar ao título de solteiro.

Encontramos uma na outra um colo de mãe.

Desde que o Samuel saiu de casa, um eco se instalou em cada cômodo. É um constante aviso da solidão, de que não há ninguém para aguardar. Cada abajur, cada foto, cada detalhe dá vida ao lugar onde construiríamos nossa família. Lembro-me de uma tarde de domingo quando perdemos a noção do tempo fazendo compras de decoração. Havíamos adquirido o apartamento poucos meses antes e estávamos eufóricos com a ideia de ter o nosso próprio canto. De todos os itens que compramos naquele dia, ele escolheu um pequeno cachorro de porcelana, um pug. Batizamos de Chinês. Deduzi que seria um dos poucos itens que ele levaria, mas ainda estava lá, logo abaixo da tv da sala.

Conhecendo minha irmã, eu já devia estar esperando o convite três meses atrás, desde que ele foi para um hotel. A única diferença entre aqueles dias e hoje é o caráter permanente da minha moradia solo. Até ontem, era como se ainda houvesse uma possibilidade de reversão. Ele ainda poderia mudar de ideia. Ou eu. Agora estamos oficialmente separados. A ideia de sair dessa casa já passou pela minha cabeça em diversas ocasiões, apesar de preferir ignorá-la em todas. Morar com minha irmã significa abandonar minha casa. Claro que há o lado reconfortante da situação, dividiríamos o mesmo teto mais uma vez e eu estaria a par da sua vida social, algo que ela sempre procurou manter com certa discrição. E o mais importante, eu a veria todos os dias. Na nossa rotina atual, só conseguimos nos encontrar a cada uma ou duas semanas. Mesmo nos falando de segunda a segunda, ainda sinto falta de tê-la por perto. Ponto para a mudança.

Então por que não quero sair daqui?

2

2002

Faltavam ainda dez minutos para as sete, quando percebi a luz da secretária eletrônica piscando. Naquela terça-feira, planejara passar no mercado antes do trabalho e, por isso, sairia mais cedo de casa. Guardei a carteira e a agenda na bolsa, apertei o botão do aparelho e ouvi a voz ofegante da minha irmã em meio a um chiado de vento. Devia estar na praia fazendo sua corrida matinal.

— Bom dia, Ana. Imagino que ainda esteja dormindo — falou entre respirações curtas. — Estou ligando para lembrar do aniversário do papai. — Mais uma pausa. — Ele quer jantar com a gente hoje às oito, no Tio Armênio da Conselheiro Aguiar. Não se atrasem! E você leva o bolo, certo? Valeu!

Eu que antes andava pela sala guardando as anotações da noite passada, agora me encontrava imóvel. Não fosse por Maria, eu teria esquecido que dia era. Como pude? Dez de setembro. Essa sempre foi uma data sagrada para nós duas, por todos os sacrifícios que nosso pai fez na ausência de nossa mãe. Sabia que mal teria tempo para fazer o bolo. Fui até o calendário na geladeira como uma forma de me torturar por ter esquecido de marcar a data, o que sempre me ajudou a visualizar meus principais compromissos da semana. Para minha surpresa, o dia dez estava pintado de amarelo e um balãozinho vermelho flutuava ao lado, o que me fez sentir ainda pior. Prestes a me virar, pensando em como deixei isso acontecer, notei outro círculo, dessa vez azul, ao redor do número quatro. Eu sabia muito bem o que era aquela marcação e foi assim que assimilei os seis dias de atraso. Pensei em ligar para o Sam, e me dei conta de que, pela hora, ele provavelmente ainda estaria na estrada. Logo hoje, ele foi vistoriar uma obra em Caruaru. Procurava me acalmar e colocar os pensamentos em ordem. Isso não devia significar nada. Meu ciclo não era dos mais regulares.

Estávamos casados havia pouco mais de um ano. O momento não era oportuno. Tudo caminhava conforme nossos planos. A ConstruRec estava abarrotada de projetos. O Samuel e o sócio dele, Hugo, fizeram duas ampliações no escritório, contrataram mais cinco estagiários e dois arquitetos. O que começou com apenas uma sala já tomava um andar inteiro. Uma parceria entre amigos que teve início na disciplina de matemática aplicada na universidade e que, em apenas três anos, tornara-se referência no mercado de construções e reformas residenciais do Recife. O Samuel vivia um momento de ascensão na carreira.

Já no meu caso, meu tempo era dividido entre a editora e o Malagheta. O blog ainda não tinha nem um ano, mas desde a publicação do artigo sobre os bolinhos de chuva da dona Sônia, três meses antes, ganhara uma visibilidade maior do que o esperado. Não era apenas o registro de uma receita. Naquele artigo, eu mostrava os bastidores da relação entre mãe e filha de uma infância inteira. O ritual tinha início quando eu notava as nuvens carregadas no céu, tão escuras que, a qualquer momento, poderia ouvir o barulho dos pingos nas janelas da sala. Então, corria e chamava mamãe. Lia em voz alta todos os ingredientes e em seguida separava cada um deles. Depois de ligar a batedeira, o processo inteiro não durava mais do que dez minutos. Enquanto ela assumia a etapa de fritura no fogão, eu, sentada junto à mesa da cozinha, misturava a canela e o açúcar. Assim que os bolinhos saíam da panela, quentinhos e crocantes, ela chamava papai e Maria e, juntos, tomávamos o café da tarde enquanto a chuva caía lá fora. Depois dessa publicação, recebi e-mails de senhoras compartilhando as próprias experiências com filhos e netos. Cada uma com sua peculiaridade.

Ali eu percebi como o blog poderia ser muito mais do que a publicação de receitas. Por meio dele, eu também apresentava doces de estabelecimentos locais ou que havia conhecido durante minhas viagens. Com o tempo, vieram as parcerias. A primeira foi com o café da esquina. Donos de cafeterias e restaurantes mandavam e-mails, interessados em conseguir uma divulgação na minha página. Pela primeira vez, o meu espaço virtual funcionava como uma fonte de renda. E devo confessar que, entre a função de assistente editorial e a publicação dos artigos, escrever no Malagheta passou a dominar um espaço considerável dos meus planos para o futuro. Com o blog, eu conseguia unir a escrita e a confeitaria.

Conversamos sobre ter filhos logo nos primeiros meses de casados e não havia dúvidas de que era da nossa vontade nos tornarmos pais. Da minha parte, meu maior desejo não era apenas engravidar. Eu não queria isso pra mim só porque era o esperado pelos amigos e familiares. Nunca contei a ninguém, nem mesmo a Maria, mas meu desejo de ser mãe tinha muito mais relação com poder oferecer a outra pessoa o que, na maior parte da minha vida, eu não tive. Há quem dissesse que aos doze eu já estava criada, como se não fosse sentir a ausência de dona Sônia em todos os dias da adolescência e vida adulta. Não entendiam que criar as filhas era apenas uma de suas funções. Para mim, o que importava era saber que ela estava por perto para ensinar receitas, acolher meu choro, dizer verdades que eu preferia não ouvir, reclamar sobre namorados inapropriados e o que mais envolvesse essa relação de mãe e filha. Tudo isso eu ainda ansiava viver, mesmo que estivesse do outro lado da equação. Naquele momento, o que me freou foi a ocasião. Nossas carreiras demandavam nossa atenção como nunca. O plano era juntar dinheiro nos primeiros anos, comprar um lugar maior e só então pensar em engravidar.

No meio do dia, resolvi ligar para o Samuel. Combinamos que eu passaria na farmácia logo após o expediente, compraria o teste e aguardaria que ele chegasse em casa, então faríamos juntos. O mais impressionante foi a reação dele. Não havia preocupação no seu tom de voz, apenas entusiasmo, como se ele não entendesse todas as implicações de ter um bebê naquele momento. Enquanto eu estava surtando, ele parecia animado.

No fim da tarde, meu estômago doía de ansiedade. O bolo estava pronto, conforme Maria tinha pedido, e eu estava em casa havia uma hora, sozinha, aguardando meu marido, quando ouvi o barulho das chaves na porta.

— Então, pronta?

— Para fazer o teste ou para ser mãe?

— Quem sabe os dois?

— Não tem graça, Samuel.

— Ana, fica calma. Já parou para pensar que o pior que pode acontecer é a gente ter um bebezinho em nossos braços?

— E nenhuma noção do que fazer com ele.

— Será que isso é tão ruim assim?

— Claro que não, amor. Mas a gente está trabalhando tanto. E mal cabe nós dois nesse apartamento. Eu só queria que fosse planejado.

— Primeiro a gente faz o teste e depois pensa em como lidar com a situação.

Aqueles foram os três minutos mais longos da minha vida. Não tive coragem de ver o resultado. Ele voltou segurando o teste com uma expressão que não dizia nada. Apenas o pôs em cima da mesinha de cabeceira e saiu.

Foi inesperado. Eu tinha certeza de que seria positivo, deveria sentir alívio, mas, em vez disso, tudo o que experimentava naquele momento era uma sensação de vazio. Percebi a decepção nos olhos dele. Por algumas horas, tinha deixado a expectativa crescer e, em poucos minutos, ela se foi. Encontrei-o sentado no sofá, com as luzes apagadas, em frente à televisão desligada. Eu estava tendo dificuldades para entender aquela reação. No início do dia, a ideia de se tornar pai naquele momento não faria sentido na nossa vida. E então meu marido parecia viver a mesma decepção de quando, após um ano de muito estudo, não encontramos nosso nome no listão da Federal. Sentei ao seu lado e resolvi oferecer uma solução.

— Sam? E se eu parasse de tomar o remédio? — O semblante dele mudou.

— Não entendi. Até alguns minutos atrás você parecia desesperada com a ideia. E agora quer tentar de verdade?

— Ouvi falar que normalmente demora alguns meses, o que nos dá um tempinho. A gente pode procurar um lugar maior e se organizar.

— Você está falando sério?

— Estou. O que acha?

Ele me abraçou com uma força que demonstrava toda a euforia daquela escolha, e depois de uma longa celebração no sofá, resolvemos tomar um banho, afinal ainda tínhamos o jantar do meu pai. Pela primeira vez, eu chegaria sem presentes. Toda aquela ansiedade havia tirado meu foco do aniversário. Senti vontade de anunciar à minha família a notícia de que em breve estaríamos em três. Nada como o bom senso do Samuel para sugerir que aguardássemos um resultado positivo.

Não tive tempo de pensar sobre o quanto essa decisão impactaria a nossa vida. Apesar do medo de antes, gerar um filho sempre fez parte dos meus planos. No cenário ideal, estaríamos casados há mais tempo. Depois que a decisão foi tomada, fazia todo o sentido. Uma mistura de ansiedade com entusiasmo tomava conta de mim, ainda mais quando via nos olhos do meu marido o reflexo de tudo aquilo que eu estava sentindo.

Depois da morte da dona Sônia, meu pai parou de comemorar seu aniversário. Faz pouco tempo desde que Maria e eu conseguimos convencê-lo a sair para jantar, somente nós três, num restaurante da escolha dele. E depois disso percebemos como ele começou, aos poucos, a evoluir. No Natal em que eu tinha cinco anos, quando ainda morávamos na serra do Rio, minha mãe deu a ele um relógio Mido Ocean Star de visor quadrado, que ele usava todos os dias para trabalhar, até o dia em que ela morreu. Desde então, nunca mais o colocou no pulso. Quando aceitou sair comigo e minha irmã, mesmo que fosse apenas para um jantar, meu pai deu início a outra tradição. Cada jantar de aniversário seu passou a ser ocasião para usar o relógio por algumas horas.

Minha mãe morreu de um AVC hemorrágico. Saiu para comprar as frutas da semana, um ritual das segundas-feiras, e, em algum lugar entre a feira do bairro e a nossa casa, passou mal e desmaiou. Acharam entre seus documentos um cartão da empresa do meu pai, ligaram do hospital e comunicaram o acontecido. Quando ele chegou, ela já estava na sala de cirurgia.

Maria e eu o aguardávamos na escola. A aula terminou e não o vimos do lado de fora. Foi assim que percebemos que havia algo de errado, já que ele nunca se atrasara antes. Chegou pouco mais de uma hora depois e nos levou direto até ela, mas não nos deixaram vê-la. Ela foi para a UTI, de onde não chegou a sair. Naquela mesma noite, entrou em coma. E, na manhã do outro dia, junto com a chuva, veio a notícia da sua morte. Não houve despedida, o que para nós três se tornou o pior dos castigos.

Optei por um bolo de limão com calda e recheio de doce de leite. Fiz essa receita no último Natal e lembro do meu pai comendo não menos do que três fatias. Ao chegarmos, os dois já nos aguardavam em uma mesa no centro do salão. Deixamos o bolo com um dos garçons e fomos ao encontro deles. Nos últimos cinco anos, passamos a comemorar a data no Tio Armênio, restaurante conhecido entre os septuagenários recifenses. Descobri, inclusive, em um de nossos jantares, que o avô do Samuel, engenheiro civil aposentado do DER, frequentava o lugar todas as segundas e quartas para se reunir com a antiga turma do trabalho.

Meu pai tinha a melhor das relações com o Samuel. Se algum dia se sentiu frustrado por não ter tido um filho homem, suas expectativas foram atendidas por meio do genro. A afinidade foi tão boa que viraram parceiros nos negócios. Mal nos sentamos e os dois já estavam discutindo obras correntes e futuras.

Maria, no entanto, desde que nos viu, pressentiu algo de diferente com a gente. Ela insistiu que estávamos escondendo alguma coisa, até perguntou se eu estava grávida. Nós dois rimos da sugestão e afirmamos que, pelo menos da nossa parte, não havia novidades. Foi por muito pouco que não contei o susto daquele dia e tudo o que ele desencadeou, como a decisão de tentarmos engravidar nos próximos meses. Durante o resto do jantar, não houve riscos quanto a compartilhar demais. Falamos sobre tudo, inclusive sobre os tempos em que dona Sônia ainda estava presente.

3

Antes de sair de casa, envio uma mensagem para Maria. Não tenho coragem de ligar. Não é um pedido, apenas um aviso de que aceitarei a oferta, não há necessidade de justificativas. Do motivo ela já sabe há mais tempo do que eu. Ainda assim, escrevo: Você tinha razão. Preciso sair daqui. Até mais tarde. Ela deixou uma cópia da chave desde que havia feito a proposta um mês atrás, mas somente hoje consigo admitir que ficar na minha casa não está me fazendo bem. Todos os dias, arranjo uma nova desculpa para não voltar direto da editora, sempre há algo para trazer do mercado ou da farmácia. Não dou conta de todas as frutas na geladeira, começo a perceber manchas surgindo nas maçãs. Pego algumas roupas e as jogo na mala de tamanho intermediário. Não levo nenhum objeto comigo, nenhum livro, apenas meu computador. Talvez agora possa retomar as publicações no Malagheta.

Passo o dia entre incertezas. Faço certo ou estou apenas fugindo do problema? Independente de qual seja a resposta, hoje é disso que eu preciso, estar longe da minha casa. Porque ela representa algo do qual eu não dou mais conta.

Maria mora num apartamento de um quarto. Eu me lembro de quando ela comprou, na época, ainda com dois dormitórios, além de sala, cozinha e banheiro. As únicas paredes que permanecem são as do toalete, todas as outras ela mandou derrubar. O lugar em si é mais do que agradável. Paredes claras, em sua maioria brancas, de tijolinhos; apenas uma lisa, de um verde suave, "manta de bebê" na cartela de cores. O piso de assoalho, tão raro em apartamentos de Recife, deixa o ambiente com mais cara de casa. A cozinha projetada expõe móveis vintage, também brancos. O destaque fica por conta dos azulejos acima da pia, em diferentes tons de verde, próximos do menta. No centro, uma ilha em nogueira — na qual me imagino testando as próximas receitas — é cercada por quatro banquetas altas. Uma estante de quadrados vazados, com no máximo um metro e meio de altura, serve de fronteira entre o quarto e a sala. É onde Maria exibe suas imagens trazidas da Índia, além de livros de yoga e outros objetos de decoração. Minha cama, durante o dia, se transforma em um confortável sofá cinza de dois lugares. Ao lado dele, Maria criou o cantinho da meditação, onde há uma pequena prateleira com um porta-incenso junto aos próprios incensos — essências de citronela e sândalo são as escolhas da vez —, além de uma pequena plantinha, que não consigo desvendar se é natural ou não. Esse é o meu endereço atual, por quanto tempo não sei.

Depois de tantos anos dividindo apartamento com um homem, me pergunto como será a convivência com minha irmã. Nada como um recomeço; ao menos na casa dela não existem lembranças. Maria se mudou há pouco mais de um ano, e não me lembro de muitas ocasiões, nesse meio-tempo, em que Sam e eu estivemos juntos ali, talvez apenas nos primeiros meses. Ele foi o responsável pela obra e esteve no apartamento praticamente toda semana durante o processo da reforma. O que importa é que não sinto sua presença ali. Não o vejo na cozinha ou na sala, talvez porque não estivemos juntos, ou talvez seja apenas um bloqueio.

Assim que perdemos nossa mãe, Maria assumiu uma postura protetora em relação a mim. Eu tinha apenas doze anos e um milhão de dúvidas sobre o mundo. Claro que nosso pai conseguiu lidar sozinho com a maior parte de tudo. Ainda assim, a presença da minha irmã foi essencial em mais de uma ocasião. Ao longo dos anos, ela deixou muito claro o quanto minha felicidade era uma prioridade. Talvez passar um tempo ao seu lado seja exatamente do que preciso nesse momento.

Percebo um embrulho com um laço e um cartão em cima da mesa. *Para Ana*. Ao abrir, me deparo com três livros, como se ela adivinhasse que eu não teria trazido nenhum dos meus. O primeiro, *Índia: sabores e sensações*. Passo o dedo pelo sumário e me detenho na seção de bebidas ao ler o nome "Lassi". Folheio as páginas até chegar à 113, onde a ideia de misturar o iogurte com o cardamomo aguça a minha curiosidade. Definitivamente, será testada para o blog. Talvez meia hora tenha se passado quando me lembro dos outros dois. O segundo é um dos meus clássicos preferidos, *Orgulho e preconceito*, da Jane Austen. A diferença para os que eu tenho está na versão. Lindo, em língua original, de capa dura, da Thomas Nelson. Mais um para minha estante. Maria sabe como me agradar. E então pego o terceiro. *Depois do fim*. Abro e, algumas páginas depois, compreendo do que se trata o livro. Fico sem acreditar na audácia dela e o jogo direto no lixo ao meu lado. Só então vejo a hora no relógio de parede da cozinha, deixo minha mala ao lado do sofá e vou em direção ao corredor. Chego na editora trinta minutos atrasada.

Quando Maria e eu saímos de casa, eu aos vinte e três anos e ela aos vinte e oito, nosso pai se mudou para um apartamento mais compacto, com apenas dois quartos e setenta metros quadrados. Para um homem solteiro, fez mais sentido. Sempre desconfiei que era da sua vontade procurar outra casa assim que nossa mãe faleceu. Vi em seus olhos, mais de uma vez, a dor da saudade. Parado, contemplando uma xícara ou a poltrona da sala, onde ela costumava insistir em aprender crochê. Ainda tenho na memória o fim de semana em que ganhamos uma câmera de filmes instantâneos. Eu devia ter pouco mais de oito anos. Na época, não fazia ideia da pequena fortuna que custava. Maria passara o ano inteiro no ouvido dos nossos pais pedindo uma Polaroid 600 One. Só sei que as fotos registradas naquele fim de semana nunca chegaram a ser guardadas em um álbum. Foram emolduradas e penduradas nas paredes da sala. E, no dia em que minha irmã e eu partimos para nossas respectivas casas, nosso pai resolveu dividir as fotos com a gente. Hoje elas estão em três endereços diferentes.

Ao chegarmos no fim da manhã para o almoço de domingo, entro na cozinha e já sei pelo cheiro que meu pai está preparando macarrão ao molho pesto. É seu jeito de me alegrar. Comida italiana sempre esteve presente na nossa mesa e, de todas as massas, essa é a minha preferida. Maria se joga no sofá para assistir TV enquanto eu encosto no balcão e o observo. Aguardo as perguntas, ciente de que dessa vez não há como fugir. Desde o divórcio, estivemos juntos apenas em duas ocasiões e em nenhuma surgiu a oportunidade para uma conversa. Estou com uma colher de molho na boca quando ele começa.

— E então? Como tem sido morar com a sua irmã?

— Hum... Isso aqui está uma delícia. — Limpo a boca com um guardanapo. — Até que não é tão ruim, a gente se dá bem.

— Não é tão ruim? Pensei que estivesse adorando.

— Bom, papai, eu nunca sonhei em ter que ir morar com a Maria aos trinta.

— Você entendeu o que eu quis dizer.

— Eu sei. E você? Como está?

— Se minhas filhas estão bem, comigo está tudo certo.

Percebo aonde ele quer chegar, só não tem jeito para introduzir assuntos delicados. Essas conversas sempre ficaram por conta de nossa mãe. Depois de todos esses anos, ele ainda não se acostumou. Espero sua coragem vir, até que o silêncio começa a me incomodar.

— Pai?

— Sim?

— Por que não pergunta de uma vez?

— Deu para perceber?

— Que o senhor se preocupa com a sua filha recém--divorciada?

— Não sou muito bom com essas coisas. Mas como você está de verdade? Não falou mais com o Samuel?

Só de ouvir o nome, sinto meu coração apertar. Desde que fui morar com a Maria, o combinado foi não falar sobre ele. Eu preciso tocar a minha vida, e conversas sobre o passado não ajudam em nada. Não pronuncio nem ouço mais seu nome. Quatro meses haviam se passado, não pensei que seria tão difícil. De toda forma, eu abri caminho para esse tipo de questionamento.

— Respondendo à primeira pergunta, estou vivendo um dia de cada vez. Sei que foi melhor assim, mas ainda é estranho. E não, não nos falamos mais.

— Entendi.

— Mas não se preocupe. Eu vou ficar bem.

Falo mais para mim do que para ele, quase como um mantra. É só uma fase e, como todas as fases, essa vai passar também.

— Ana? Você ouviu o que eu disse?

— Hã?

— Sobre a parceria com a empresa do Samuel.

— O que tem?

— Nós vamos mantê-la.

— Mantê-la?

— Sim. Você está prestando atenção? Parece distraída, só repete o que eu falo. Diga a verdade. Isso a incomoda?

Eu quero responder, mas alguma coisa me impede. Meu ímpeto é dizer que está tudo bem, o único problema é que não está. Fico me perguntando com que frequência eles vão estar juntos. Todo mês? Toda semana? Desde que nos separamos, eu nunca parei para pensar em como ficaria a relação deles. E agora sinto que não deveria estar tendo essa conversa, era para ser uma decisão óbvia, pensada por eles.

— Ana?

— Desculpa, pai. Você me pegou de surpresa, pra ser sincera.

Eu me viro para a pia, onde alguma louça já se acumula, e começo a lavar vasilhas e panelas. Dessa forma não precisamos olhar um no rosto do outro.

— Isso a incomoda?

— Acho que sim, um pouco, o que não quer dizer que não possa manter a parceria com ele.

— Agradeço sua compreensão, filha. Porque abrir mão das vendas para a ConstruRec não é algo que me deixaria muito feliz.

Não sei se ele prefere deixar a conversa assim, sob o risco de ter que ceder. Só sei que começa a mexer no frango que está no forno enquanto eu termino a louça. E só voltamos a conversar na mesa, na presença da Maria.

As últimas horas do domingo me deixam confusa. Fico pensando se ele considerou que saber dessa notícia não me deixaria nem um pouco feliz. A empresa do meu pai fornece os materiais de acabamento para as obras do Samuel há anos. Ouvir que essa relação será mantida, apesar do fim do nosso casamento, é — para dizer o mínimo — inesperado. Ao mesmo tempo me questiono se é tão errado assim manter a parceria. A ideia do divórcio partiu de mim. Não é como se meu pai estivesse trabalhando com o homem que abandonou sua filha, muito pelo contrário. Tenho quase certeza de que, sem minha iniciativa, estaríamos casados até hoje, nos termos que fossem. Em algum momento do último ano, comecei a me sentir cansada de insistir. Estávamos esgotados. E acredito que foi só por isso que ele concordou com a minha decisão.

No caminho de volta para casa, Maria pergunta se não quero conversar. O problema é que, nesse momento, eu preciso do silêncio. Peço alguns minutos de paz e ela parece ficar magoada. Não ouço mais sua voz pelo resto do dia. Penso que, se tivesse uma porta separando o quarto da sala, a ouviria batendo assim que chegássemos em casa. Como não há, ela apenas coloca um fone de ouvido e permanece deitada até pegar no sono. O único barulho vindo dela é logo cedo no dia seguinte ao bater a porta da sala. São seis horas da manhã e ela deve estar indo para o centro de yoga. Sua saída me desperta. Ainda que só precise estar na editora às oito, não tenho esperanças de voltar a dormir. Toda aquela conversa mexeu comigo, mais do que eu gostaria, me causando uma mistura de sentimentos entre traição e inveja. E eu me ressinto por isso.

Como ainda é cedo, resolvo tomar um café na padaria ao lado da editora. Procurando afastar todos os pensamentos relacionados ao almoço de domingo, peço um espresso pequeno e uma fatia de bolo de nozes com banana. Enquanto aguardo, ligo meu notebook com o intuito de dar uma olhada no Malagheta e identifico um padrão nas últimas publicações. São basicamente indicações de estabelecimentos. Em resumo, publicidade. Vejo como minha vida pessoal causou um impacto direto sobre o blog. Assim que me iniciei no meio virtual, divulgava somente receitas, quase todas de minha infância. Outras surgiram da minha curiosidade e até hoje é assim. Eu as levo para a cozinha e replico o passo a passo. Se acho necessário, incremento com meu toque pessoal. Depois de testadas, as receitas vão para minha página, só assim sinto segurança em publicá-las. Além dos ingredientes e do modo de preparo, costumo compartilhar um pouco da experiência vivida nas ocasiões em que servi cada um dos doces e das sobremesas. Acredito que mostrar toda receita por meio da minha vivência é o que mantém os leitores fiéis.

Rabisco numa folha ideias para as próximas publicações, concentrada em diminuir a quantidade de publicidade, quando o garçom chega com o meu pedido. E é como se o universo ouvisse meus pensamentos. Enquanto provo o bolo, percebo diante de mim a resposta do meu problema. Nem termino a fatia e já peço que chamem o dono ou o gerente. Dona Amélia vem com um mínimo de desconfiança, talvez imaginando qual será a reclamação, mas o que faço é exatamente o contrário. Mostro o que é o Malagheta e como as pessoas me pagam para ter seus estabelecimentos divulgados ali. Digo que tenho um acordo a propor. Ela só precisa me dar a receita do bolo e, nos próximos dias, estará no blog, juntamente com a localização da padaria. Não haverá dinheiro envolvido, apenas uma troca. A princípio, dona Amélia argumenta que o acordo de nada adiantará para seu estabelecimento se as pessoas poderão replicar a receita em casa. Então explico que meus leitores se dividem entre os que costumam ir para a cozinha e os que vão atrás da comodidade da comida pronta. Ela pede para pensar, mas, antes que eu vá embora, volta e aceita o acordo. A padaria fica numa rua pouco movimentada e deve ter como principais clientes os moradores do quarteirão. Não é das mais conhecidas, nem parece ter algum doce famoso que os atraia, não é como estar pedindo a receita do bolo de rolo da Casa dos Frios. Ainda assim, tenho certeza de que dona Amélia não faz ideia do quão incrível aquele bolo é. Em poucos minutos, o responsável pela produção diária da casa vem falar comigo. Saio de lá animada em voltar a replicar uma receita e só então me dou conta do quanto senti falta de estar na cozinha.

No fim do dia, passo no mercado e compro todos os ingredientes do bolo de nozes com banana. Penso em atualizar o Malagheta contando a história de como, nos últimos dias, ao tentar evitar mais um post com indicação de um estabelecimento, acabei fazendo exatamente o oposto.

4

— Tem certeza de que não quer que eu vá?

— Claro que eu quero, mas você está cheio de trabalho. E hoje é só a primeira consulta. Provavelmente ela só vai passar alguns exames.

— De toda forma, me liga quando sair de lá. — Eu apenas confirmei com a cabeça. — Não vai para a editora mais tarde?

— Não. Tenho direito a dois dias de folga pelo fim de semana que trabalhei. Vou usar um deles hoje. Venho para casa ajustar algumas publicações do Malagheta. Estou com dois artigos pendentes de edição.

— Certo. Agora preciso ir antes que me atrase. — Ele segurava a porta da sala enquanto aguardava o elevador. — Tento voltar cedo para jantarmos juntos. Que tal pedirmos alguma massa do Barbarico?

— Ótima ideia.

— Já ia esquecendo. — Então tirou um papel da pasta. — Peguei esse panfleto para você ontem quando estava saindo do escritório.

— "Como ser um empreendedor de sucesso" — Li em voz alta. — Não entendi.

— Caso queira abrir seu próprio negócio.

— Que negócio?

— A confeitaria.

Ele me beijou na testa e sumiu no corredor.

Fiquei ali perdida em uma nuvem de pensamentos. Não era a primeira vez que ele tocava nesse assunto, mas sempre achei o Samuel um pouco sonhador. Eu tinha formação em literatura, não em administração de empresas. O que poderia saber sobre ter meu próprio negócio? Segundo ele, eu tinha duas grandes paixões e só me dedicava a uma. O Malagheta, apesar de ser um blog sobre doces e sobremesas, não deixava de ser um exercício de escrita. A execução das receitas acontecia apenas na minha cozinha. E meu público era formado basicamente por Samuel, Maria, seu Humberto e ocasionalmente o Hugo, e isso deixava meu marido inconformado. Por mais de uma vez, o ouvi reclamar. Você sabe que herdou esse talento da sua mãe e o desperdiça ao mostrar apenas para sua família. Não acho certo com o mundo. Eu ria de tamanha presunção. Nunca cheguei a levar a ideia a sério. Da minha parte, faltava o ingrediente mais importante para dar início a qualquer empreitada do tipo: coragem. E de uma coisa eu sabia — ou trabalhava na editora ou num negócio próprio, o que era uma razão extra para nunca ter perdido mais do que cinco minutos nesses devaneios. Não me via fora do meu emprego, abrir mão de trabalhar com os livros não era uma ideia atraente. Claro que, por outro lado, imaginar minha própria loja de doces não deixava de ser um sonho, mas por enquanto era tudo o que seria. Apenas um sonho.

De toda forma, estava atrasada. Meu foco precisava se voltar para outro assunto.

O consultório, no prédio do Hospital Memorial São José, era pequeno e aconchegante. Esperei quase uma hora até ser chamada. A médica parecia ter apenas alguns anos a mais do que eu. Assim que me sentei, tirei meu caderninho da bolsa e expliquei a razão de estar ali. Conversamos por uns quarenta minutos e, durante esse tempo, ela falou sobre um tal ácido fólico que eu poderia começar a tomar, algumas vacinas que deviam estar em dia e sobre meus hábitos alimentares. Perguntou se já sofri algum aborto, explicou como eu poderia identificar meu período fértil e, no fim da consulta, pediu inúmeros exames. Recebi algumas orientações também a respeito do tempo médio para engravidar. Segundo ela, costumava ser de três a seis meses, mas poderia chegar até doze. Todas aquelas informações me deixaram apreensiva, já que estávamos saindo do campo da ideia e seguindo para o da ação. Até ontem, havíamos tomado uma decisão, hoje estávamos tomando providências. E desejar era muito diferente de estar preparada. Eu não sabia se tinha todos os requisitos necessários para cuidar de uma criança. Afastei esse pensamento, procurando me lembrar de uma conversa que tive havia alguns anos com meu pai, quando o questionei sobre como tinha conseguido lidar sozinho com duas adolescentes. Ele afirmou nunca ter tido tempo para pensar sobre isso, simplesmente fazia o necessário em cada momento de nossa vida. E comigo não seria diferente.

Desde os meus doze anos, minha criação foi apenas paterna. Maria já estava com dezessete, mas nem por isso havia sido mais fácil. Pelo contrário, meu pai precisou lidar com uma filha prestes a entrar na adolescência e a outra que já passava por todas as alterações de hormônios. Enquanto eu mergulhava de cabeça nos livros, Maria experimentava a rebeldia da idade. Durante um ano depois da nossa mãe falecer, ela criou o costume de sair direto da escola para ficar na rua com as amigas até a hora do jantar, o que deixava nosso pai enfurecido, principalmente pela proximidade do vestibular. Numa tarde em que resolveu chegar mais cedo em casa, ela nos encontrou montando um quebra-cabeça de mil e quinhentas peças. Fazíamos aquilo todos os dias depois de eu terminar minha lição da escola. Ela puxou uma cadeira e ficou observando à distância. Não tardou a nos ajudar a encontrar os lugares certos para todas as peças. Em pouco tempo, passamos a dividir as tarefas: eu ficava encarregada de fazer algum bolo para a hora do café, papai supervisionava para garantir minha segurança no fogão e Maria escolhia a música. Escutávamos muito os Beatles, banda favorita da minha mãe. Foi a forma que encontramos de superar um pouco mais a cada dia a perda da dona Sônia.

Contei todos os detalhes sobre a consulta durante o jantar. O Sam, como sempre, permaneceu muito tranquilo. Eu, por outro lado, fiquei um pouco apreensiva com o turbilhão de informações recebidas. Saíra da consulta receosa com a possibilidade de me tornar mãe em poucos meses. Nada que um vinho não pudesse resolver.

— O que acha de Samanta?

— Quem é Samanta?

— Nossa filha. O que acha desse nome para nossa filha?

— Samuel, mal tomamos a decisão de engravidar e você já está pensando em nomes. E de menina. Como sabe que será uma menina?

— Eu não sei. Apenas sinto que será. E então? O que acha?

— Do nome Samanta? Me faz lembrar de uma amiga da Maria dos tempos da escola, muito estudiosa, aliás. Mas ao mesmo tempo, penso no apelido. Será Sam também?

— Pode ser Sassá. E quanto a Amélia?

— Você tem um gosto estranho para nomes, sabia? Entre Samanta e Amélia, vamos ficar com Samanta.

Aquela conversa gerou em mim um entusiasmo maior do que eu esperava.

— Um real pelos seus pensamentos.

— O quê?

— É óbvio que sua cabeça está longe. Nunca a vi tão feliz lavando a louça suja do jantar.

— Eu estava lembrando de um artigo que li essa semana, e achei graça de mim mesma. Da minha loucura.

— Quer explicar melhor?

— Era um artigo sobre rotina e sono.

A cara dele era um claro sinal do quanto estava perdido naquela conversa.

— Rotina e sono do bebê. Você sabia que é importante para as crianças terem previsibilidade?

— Não, mas obrigado por me informar. — Rimos juntos.

Enquanto eu enxaguava as vasilhas, ele trazia os copos. Terminamos tudo em poucos minutos. Eu enxugava minha mão quando o vi parado no portal da cozinha, olhando sério para mim.

— O que foi?

— Não é nada. Só estava pensando uma coisa aqui.

— O quê?

— Eu achei fofo você ter lido esse artigo, mas talvez seja melhor a gente procurar essas informações quando já estiver grávida.

— Na verdade, eu não estava procurando. Só estava folheando uma revista e a foto do bebê chamou a minha atenção.

— Tenho certeza de que sim. — Não sei se o tom dele foi sarcástico. Preferi não prolongar a conversa.

Seguimos juntos para o quarto. Em meio ao entusiasmo da consulta, aquelas últimas palavras do Samuel se repetiam na minha cabeça. Não por mais que alguns segundos. Logo depois, me peguei pensando em nomes e feições de crianças que pudessem resultar de uma junção nossa. Desde pequena, soubera que seria dessas entusiastas com a maternidade, nunca foi uma questão de se, e sim de quando. Ao contrário da Maria, que nunca demonstrou nenhum interesse em ser mãe, eu sabia que um dia teria essa função.

Estava deitada com a mente longe quando senti o Samuel movendo meu cabelo para o lado e beijando minha nuca, o tipo de gesto que provocava arrepios pelo meu corpo. Era uma época em que eu ainda não sabia se meu ciclo tinha vinte oito ou trinta dias. Meu período fértil não era levado em conta. E botar as pernas para cima após a relação nem passava pela minha mente.

5

Desde a última publicação no blog, quando divulguei a padaria ao lado da editora e seu bolo de nozes com banana, venho me cobrando uma que não seja publicidade, algo meu, direto das minhas experiências. E como muitas leitoras vêm pedindo, resolvo fazer uma seleção das receitas de bolos caseiros para a próxima semana. Farei de segunda a sexta uma delas. Claro que Maria e eu não conseguiremos dar conta de um bolo por dia, por isso um ficará com meu pai, outro na editora e outro no centro de yoga. Provavelmente o primeiro e último ficarão por aqui mesmo. Escolho alguns sabores tradicionais, e todos remetem à minha infância. O famoso bolo de fubá, esse em especial vou incrementar com goiabada. Cenoura com chocolate. Quando minha mãe começava a preparar a massa, eu sumia da cozinha, mas era só ela separar os ingredientes da calda, que eu depressa largava qualquer brincadeira para me prontificar ao seu lado. O de prestígio, para os chocólatras. E dois mais simples, porém que mais já comi em toda a minha vida: de laranja e de maçã.

Depois de um banho demorado, visto meu pijama e coloco para tocar o novo CD da Alanis, *Flavors of Entanglement*. Quando Maria chega do trabalho, todos os meus utensílios já estão sobre o balcão e os ingredientes separados nas quantidades exatas. O ar está ligado há algum tempo. O calor impiedoso dos últimos dias nos obriga a viver fechadas para garantir um mínimo de frescor.

— Ana, por favor. Assim vai nos matar de frio.

— Boa noite para você também.

— Eu sei que lá fora está um calor infernal, mas não precisamos viver nos extremos.

— Para mim a temperatura está ótima, mas fique à vontade para mudar.

— O que você está fazendo aí?

— Lembra que te falei da semana dos bolos? Hoje é o primeiro deles, o de cenoura com chocolate.

— Ah, verdade. Eba! Adoro bolo de cenoura.

— Bom saber, porque esse vai ficar aqui em casa.

Percebo que Maria deixou de falar algo que estava na ponta da língua. Ela me encara ao mesmo tempo que sorri.

— O que foi isso?

— O quê?

— Você sabe. Essa pausa.

— Só fiquei feliz com o que falou.

— Com o quê? Não falei nada demais.

— Você pensa que não, mas falou sim.

— Que conversa sem pé nem cabeça, Maria.

— Deixa para lá. Quero conversar sobre outro assunto com você.

— Diga. E não se incomode se eu não estiver te olhando. Prometo que estou ouvindo.

Enquanto ela fala, eu começo a jogar os ingredientes na batedeira.

— Por favor, mantenha a mente aberta, ok?

— Hum.

— Ok?

— Ok, Maria. Diz logo.

Nesse momento, ela tem a minha atenção. Solto a vasilha com o açúcar e fico aguardando.

— Bom, hoje mais cedo ouvi duas alunas conversando sobre um grupo que frequentam. Tentei ser o mais discreta possível e pedi informações. — Nesse momento ela faz uma pausa. — Para você.

— Que grupo? Por que pra mim?

— Lembre-se de manter a mente aberta, certo?

— Odeio quando você faz esse suspense.

— É tipo um grupo de apoio para mulheres divorciadas.

— Você quer que eu participe de um clube de desquitadas? — Não me contenho e solto uma gargalhada.

— Não entendi a graça. E de onde tirou esse termo? Por acaso estamos em 1950?

— Não é isso o que você está sugerindo?

— Não. Estou sugerindo que participe de pelo menos um encontro como uma forma de te ajudar a superar essa fase. Lá tem mulheres que veem no divórcio uma libertação e também mulheres que ainda estão superando a separação no sentido mais sentimental, como você.

— O que quer dizer com isso?

— Você sabe muito bem. E essa não é a questão.

— Não sei, não. E não sei o que espera que eu diga. Só sei que não preciso de nenhum grupo de apoio para me dizer como devo me sentir.

— Ninguém vai fazer isso. Se fosse possível, eu mesma diria. Ana, pelo menos pense. Eu anotei aqui o endereço e o telefone da responsável pelo grupo. Vou deixar em cima da mesa.

Sem a menor vontade de prolongar a conversa, volto a me concentrar no que está à minha frente. Percebo que ela permanece do outro lado da bancada, mexendo no que parece ser algo dentro da bolsa, quase como numa tentativa de ouvir uma resposta da minha parte.

— Às vezes você sabe bem como ser irritante.

Imagino que ela se refira ao meu silêncio. Então se vira e sai em direção ao banheiro. É o único lugar onde pode bater uma porta. Aguardo o barulho do chuveiro e dou uma olhada no papel. O endereço não é muito longe. No máximo, umas dez quadras do apartamento, o que não significa nada. Penso em jogá-lo no lixo, mas, em vez disso, o guardo na carteira. Não sei exatamente o porquê, afinal a ideia não pode ser mais absurda. Mesmo guardado, o incômodo não cessa. Quase erro a quantidade de ovos. Deixo o forno aquecido por menos tempo que o habitual, o que, felizmente, não influencia no resultado. Ainda assim, fico inconformada com a minha falta de concentração.

A publicação da matéria sobre os bolos caseiros é um verdadeiro sucesso. Me faz relembrar o sentido do blog por meio da resposta de cada leitor, além dos elogios de todos que participaram diretamente da experiência. Minha família, os amigos na editora, os alunos do yoga. Devo admitir que o efeito da publicação funciona como um combustível para o meu ego. E, depois daquela conversa de segunda, como uma distração para os dias que se seguiram.

Ao longo da semana, junto aos posts, ressoa um eco da sugestão de Maria na minha mente. E, por mais absurda que eu a considere, o termo "grupo de apoio" vem aparecendo com mais frequência na tela do meu computador.

O que ela não percebe é como aquelas palavras me causam espanto. Eu tenho pleno conhecimento de que passei por um divórcio. No entanto, nunca antes havia me autodenominado uma mulher divorciada, não me via dessa forma. Enquanto a maioria das minhas amigas vive o auge do casamento, eu estou em queda livre, sem perspectiva de quando farei uma parada. É isso o que Maria não entende, que participar de um grupo desses seria admitir para o mundo que sou essa pessoa. Essa pessoa que não só passou por um divórcio, mas que também se tornou divorciada. Aos trinta e um anos.

Passado pouco mais de um mês desde que aquele papelzinho foi colocado na minha frente, tomo coragem de ligar para o número de celular. Quem atende é uma mulher chamada Janete. Explica que o grupo costuma se reunir todas as segundas e quintas às dezenove horas nos fundos de uma casa onde funciona um delivery de pizza. Pelo visto, a dona é uma das integrantes. Janete informa ainda que, caso eu decida comparecer a uma das reuniões, devo entrar pelo corredor lateral, evitando passar por dentro da pizzaria, e que a porta da casinha nos fundos do quintal se mantém aberta até as dezenove e trinta.

Passo a quinta-feira num estado de angústia, travando uma batalha interna ao tentar decidir se devo ir ou não ao encontro. Ao mesmo tempo que duvido de qualquer efeito que possa surgir do simples fato de falar sobre o divórcio, tenho curiosidade em ouvir os relatos das outras mulheres, em saber como cada uma toca a própria vida, como se sente em relação ao ex-marido.

Olho no relógio e são seis e vinte da tarde. Levando em consideração o trânsito, devo chegar pouco antes das sete. Faço o percurso inteiro sem a certeza do meu destino. O caminho não é muito diferente do de todo dia. Em vez de virar na Tenente João Cícero, como quando vou para casa, sigo reto até a Ernesto de Paula Santos, à procura de uma casa branca.

Ao chegar na rua, percebo que nunca havia passado por aquele trecho. Não é difícil encontrar o número duzentos e cinco, três motos na frente do portão cinza denunciam a presença dos motoboys. A casa parece ter sido reformada recentemente, com uma pintura limpa, sem vestígios de pichação. Assim que desligo o carro, vejo um rapaz saindo com pelo menos seis caixas de pizza. Permaneço sentada por alguns minutos, combinando comigo mesma um acordo de silêncio, ao menos nesse primeiro dia. É possível ouvir um burburinho do outro lado do muro. Enquanto ainda estou buscando minha bolsa para sair, vejo uma mulher em trajes de academia passando pelo portãozinho; e, pelo muro baixo, consigo observar que vai pelo corredor lateral. Será a Janete? Resolvo entrar logo em seguida. Um incômodo no estômago me acompanha por todo o percurso.

A parede é coberta por samambaias. No fim do corredor, me deparo com um pequeno quintal cimentado, cheio de vasos de plantas no centro; e do outro lado, o anexo. A porta está aberta e uma música baixa vem lá de dentro, algo que me lembra as canções da Enya. Percebo que não há cadeiras formando um círculo. Por alguma razão, era o que eu esperava encontrar. De forma acolhedora, a arrumação lembra uma sala de estar, com iluminação indireta e, na sua maioria, de cor âmbar. Assim que entro, vejo à esquerda uma mesa estreita com fatias de bolo sobre uma louça verde, uma garrafa de suco, que pode ser de laranja ou cajá, e outra de água. Ao lado, pratinhos de porcelana, copos de vidro e guardanapos de papel. Numa das paredes, uma lousa branca com apenas uma mensagem: Sejam bem-vindas. O piso de madeira é coberto por um tapete bege felpudo no centro, e, ao redor dele, em vez de cadeiras convencionais, vejo três poltronas aparentemente confortáveis, além de um sofá de três lugares e outro de dois.

Não sei se aquilo representa a capacidade total, mas pelas minhas contas cabem em média oito pessoas sentadas. Agora há cinco, seis comigo. Uma mulher que aparenta pouco mais de quarenta anos vem me receber. É a Janete do telefone. Ela me dá as boas-vindas e fala um pouco sobre o grupo. A princípio eram quatro. A iniciativa partira da própria Janete, que também é psicóloga, havia dois anos. Ela parece ser uma espécie de líder. Na época, ela e mais duas conhecidas estavam passando pelo processo de divórcio. Uma delas é a dona da pizzaria, que ofereceu o "puxadinho" do restaurante como espaço para realização dos encontros. A quarta integrante apareceu logo na primeira semana. Descubro mais tarde que é uma das alunas da Maria. Nenhuma delas possui qualquer vínculo familiar, o que preferem, evitando qualquer tipo de constrangimento.

Às sete em ponto, todas se destinam a uma das poltronas ou a algum dos lugares dos sofás. Como eu já imaginava, sou convidada a me apresentar. Dou apenas informações básicas. Ana, trinta e um anos, divorciada há sete meses. Não estou pronta para falar mais do que isso e fico grata pela compreensão de todas. Logo em seguida, a mulher com roupa de academia dá continuidade à reunião. Chama-se Elisa e aparenta ainda estar na faixa dos trinta. Chuto entre trinta e seis e trinta e nove. No caso dela, houve traição por parte do marido. Foram casados por mais de dez anos e depois do terceiro filho ele se apaixonou por outra. Pelo que entendo a partir da sua fala, ela se culpa. Culpa o sobrepeso que ganhou após a última gestação e claramente ainda é apaixonada por ele. Ao ver aquela mulher de tão boa aparência, custo a acreditar na sua baixa autoestima.

Conforme elas falam, descubro que o intuito das reuniões não é dar nem receber conselhos, mas sim ter um lugar onde a fala é livre de qualquer julgamento. Vez ou outra, um comentário é feito. Ao observar o grupo, noto que sou a mais jovem. Duas delas têm com certeza mais de cinquenta anos, Janete dá a impressão de ter um pouco mais de quarenta e Verônica, de trinta e quatro, novata como eu, está ali pela terceira vez.

O encontro acaba quase duas horas depois. Todas falam um pouco. Confesso ter construído uma ideia errada a respeito do papel da Janete. Como ser a voz da psicóloga e o relato da paciente ao mesmo tempo? Não parece certo. O que ela faz é oferecer perguntas como meio de reflexão. Suas sentenças não são pessoais, não expressam opinião. Mesmo quando fala sobre o próprio divórcio, parece ter uma única intenção, a de representar a fase da calmaria. Eventualmente, ela chegará. Janete parece estar bem adaptada com a vida pós-divórcio.

Ao me despedir, me questiono se voltarei a vê-las. Algo dentro de mim insiste que sim, uma sensação de não estar sozinha. Outras também estão sobrevivendo à tempestade, cada uma a seu jeito, cada uma com suas frustrações e decepções.

Em casa, não conto a Maria onde estive.

6

— Sam, você acha que tem algo de errado comigo?

— Por que diz isso?

— Porque a consulta foi em novembro e já estamos no fim de junho.

— Não entendi.

— Não acha que está demorando demais? A dra. Marcela disse que o normal seria de três a seis meses.

— Ela disse que poderia demorar até um ano. Não há nada de errado com você nem comigo.

— Eu não disse que o problema é com você.

— E nem precisa. Sei que deve estar passando todo tipo de ideia nessa sua cabecinha. — Ele se levantou da cama e foi em direção ao banheiro. — Bom, vou tomar um banho e sair.

— Sair? Hoje é domingo. Por que não passamos o dia na cama? Podemos fazer uma maratona de filmes. Você escolhe.

— Por mais que eu queira passar o dia na cama com você, preciso ir. Tenho que resolver umas pendências no escritório, mas não demoro. Vamos fazer algo mais tarde?

— Tipo um cinema?

— Pode ser.

Com as cortinas fechadas, não tinha como saber exatamente a hora, nem se do outro lado o céu estava limpo ou repleto de nuvens cinza. Eu imaginava que ainda era cedo, não devia passar das oito. Enquanto ele se arrumava, decidi continuar deitada, perdida em pensamentos. Lembrava do dia da consulta, da explicação da doutora sobre todo o processo de engravidar. De fato, poderia chegar a um ano. No entanto, a média estaria nos primeiros seis meses. Por que não estávamos na média? Éramos jovens, saudáveis, com uma vida sexual normal. Já havíamos encontrado um apartamento maior. Tudo estava a nosso favor. Será que o problema estava em mim? Puxei o travesseiro para cima da cabeça, como se assim não pudesse ouvir meus pensamentos, e permaneci de olhos fechados. Estava me preocupando à toa. Nossa vez ia chegar.

Acabei adormecendo e acordei já perto do meio-dia. Dei um pulo da cama, tirei o pijama e fui tomar uma ducha. Depois de vestir uma roupa, procurei na despensa algo prático de fazer, então optei por uma macarronada, nada que vinte minutos não resolvesse. Eu esperava que o Samuel estivesse de volta a qualquer momento, e enquanto o aguardava, peguei o notebook e comecei uma pesquisa sobre a cafeteria que sairia na próxima publicação do blog. Uma meia hora depois, meu estômago começou a reclamar e resolvi comer sozinha. Foi quando notei o celular dele em cima do aparador, o que me deixou um pouco ansiosa. Li todos os meus e-mails na caixa de entrada até zerar o ícone de mensagens não lidas, embora alguns tenha simplesmente apagado. Quando voltei a olhar o relógio e vi que já era meio da tarde, resolvi ligar para a empresa. Ninguém atendeu.

Ele chegou com o dia escurecendo.

— Por que não avisou que não viria almoçar?

Eu estava no sofá com o notebook no colo, uma página de notícias aberta havia meia hora, tentando me concentrar na leitura, em vão.

— Desculpa, querida. Eu pensei que seria mais rápido.

— Estranho. Você disse que não iria demorar e só voltou no fim do dia. Num domingo.

— O que está querendo dizer?

— Nada.

— Ana, você acha que eu gosto de passar o domingo trabalhando? Que eu não preferia estar aqui?

— Acho que, se preferisse, você estaria.

— Como você é imatura. Eu estava trabalhando. E faço esse esforço por nós, pela família que desejamos ter.

— Estava trabalhando onde? Eu liguei para a empresa e ninguém atendeu.

— Fiquei lá até o fim da manhã. Depois precisei passar numa obra. Por que não diz logo o que está pensando?

— Claro, digo sim. Eu não sei se acredito em você. Se estava trabalhando mesmo ou se não estava por aí com outra. — As palavras saíram antes mesmo que eu pudesse me controlar. — Porque parece não ter mais vontade de estar comigo, não fazemos mais nada juntos. Qual foi a última vez em que fomos ao cinema? Ou viajamos?

— Não acredito no que estou ouvindo. Estamos tentando ter um filho e você acha que estou tendo um caso.

— Pois é. A que ponto chegamos?

Depois da briga, não nos falamos mais. Eu subi para o quarto e ele permaneceu na sala. Não ouvi quando deitou ao meu lado. Soube que dormiu na cama pelo amassado do travesseiro no dia seguinte. Não o vi saindo também, o que me fez me sentir péssima. Isso significava passar um dia inteiro sem nos falarmos, sabendo que só à noite nos entenderíamos. Eu poderia ter me chateado pela demora, mas não fui justa em acusá-lo de traição. Precisava compensá-lo pelo meu erro.

Cheguei na editora no horário de sempre. Sem vontade de tomar o café de todo dia preferi ir direto para minha sala. Só pensava em resolver meus compromissos o mais rápido possível. Terminei a revisão de um dos livros a serem lançados no próximo semestre e deixei em cima da mesa da Silvia antes do fim da tarde. Pedi a ela para sair um pouco mais cedo, e ela consentiu.

No caminho de volta para casa, parei no mercado e comprei um queijo e um vinho tinto, preparei um filé ao brie, acompanhado por um talharim ao molho de cogumelo, e fiz tiramisu, a sobremesa preferida do Samuel. Deixei um CD de jazz tocando enquanto me arrumava, vesti um vestido novo, guardado até então por falta de ocasião, e por último, Amor Amor. Ele sempre comentava quando eu usava esse perfume. Arrumei a mesa para um jantar digno de um pedido de desculpas.

Ele sempre chegava por volta das oito. Enquanto esperava, fui arrumar o carpaccio no prato e separar as torradas numa tigela apropriada. Quando tudo estava pronto, resolvi deitar um pouco no sofá e folhear o último lançamento da Martha Medeiros. Devo ter adormecido em poucos minutos. Acordei de súbito, preocupada com a hora. Ao checar o visor do modem da TV, percebi que já eram quase onze. Logo hoje ele resolveu trabalhar até tarde? Levantei para apagar as luzes e ir para o quarto. Enquanto tirava o vestido e a maquiagem do rosto, não me contive. Deixei um travesseiro e um lençol no sofá. Não que houvesse preocupação da minha parte, eu queria apenas passar uma mensagem, não havia a menor possibilidade de conversa. Tranquei a porta e esperei o sono vir, o que não aconteceu. Não sabia exatamente quanto tempo tinha passado, mas lembrava de ouvir um barulho vindo do andar de baixo até vir se aproximando pelo corredor dos quartos.

— Ana, abre a porta. — Silêncio. — Ana? Por favor.

Ele esperou alguns minutos e desistiu. Me senti grata por ele não insistir. E a mim pelo discernimento de não ter cedido. Na manhã seguinte, ele apareceu na cozinha enquanto eu fazia o café. Continuei de costas.

— Ana, desculpa. Você não imagina o quanto eu sinto. Quando cheguei e vi a mesa arrumada, queria gritar de raiva comigo mesmo. Tentei falar com você, mas a porta estava trancada.

Permaneci calada, então ele voltou a falar.

— Você não vai dizer nada?

Eu me concentrava em cada respiração para não dar início a uma briga ou explodir em lágrimas mais uma vez.

— Meu amor, perdão. Ontem deu tudo errado. Eu pretendia chegar cedo em casa, mas o Hugo pediu que eu fosse a Muro Alto checar alguns problemas na construção da casa de um dos nossos melhores clientes. Não tinha como mandar o supervisor, e lá demorou mais do que eu imaginava. Na volta, a estrada estava parada por causa de um acidente. Pode olhar no jornal.

— Não preciso olhar o jornal, se você está dizendo.

— Eu sei que está chateada e tem toda a razão. Você estava ovulando, não estava? Como posso te compensar?

— Esquece, Samuel. De toda forma, não importa mais.

— Por que não tentamos agora?

— Você só pode estar brincando.

— Qual o problema? Posso chegar mais tarde no escritório.

Quando me virei, percebi pela expressão em seu rosto que ele notava meus olhos inchados.

— O problema é que eu não sou um robô. Passei a noite inteira pensando no porquê da ausência do meu marido no único dia em que era para ele chegar cedo. Já passamos o domingo separados. E agora... — Estava sentindo minha voz se alterando e preferi parar por ali. — Quer saber? Vamos deixar para o próximo mês, ok? Aliás, sempre haverá o próximo mês. Então, relaxa.

A chaleira começou a apitar. Sem condições de continuar perto dele, desliguei o gás e fui me trancar no banheiro. Saí apenas quando tive a certeza de que estava sozinha na casa.

7

De alguma forma, os últimos meses começam a me mostrar que o futuro tão certo e definido como eu enxergava já não existe mais. Conversas de anos atrás voltam à minha memória e me fazem questionar o meu lugar na editora. Se tudo o que fiz até agora ainda é o que quero continuar fazendo. Quanto mais penso, mais uma imagem concreta da confeitaria se desenha nos meus sonhos. E todos os dias pela manhã me pergunto: por que só nos meus sonhos?

Hoje, ao voltar do trabalho, encontro Maria deitada no sofá com uma bacia de bolinhos de chuva assistindo a um filme francês. Olho ao redor à procura de alguma embalagem da padaria do quarteirão e não vejo indício. Não há nenhuma sujeira ou bagunça na pia da cozinha também.

— Está servida?

— Não, obrigada. Onde comprou?

— Fui eu que fiz.

— Desculpa a minha incredulidade, mas eu só acreditaria vendo.

— Estou dizendo a verdade. Usei a receita do Malagheta. E, para sua frustração e minha surpresa, está uma delícia.

Coloco a bolsa na mesa, tiro os sapatos e me sento ao seu lado. Não consigo resistir à tentação de provar. E não acredito no sabor e na crocância daquele bolinho.

— Meu Deus. Como fez isso?

— Está vendo? Nessas veias também corre o sangue da dona Sônia.

Nós duas rimos juntas e começo a assistir ao filme. Tento prestar atenção, mas minha cabeça está em outro lugar.

— Maria, quero falar com você. Tem como pausar um pouco?

— Claro. Está tudo bem?

— Está. Na verdade, é mais para contar uma novidade. Ou melhor, uma decisão que tomei hoje.

— Hum.

— Então, já faz algum tempo que venho pensando nisso, em abrir o meu próprio negócio.

— Uma editora?

— Não. Uma confeitaria. Ou casa de doces. Não sei ainda como chamar.

— Uau, Nana! Sério?

— Sim. Não achou a ideia boa?

— Achei incrível. Mas e seu emprego? Você não é mais assistente, agora é editora. Como vai dar conta do emprego, do blog e do seu próprio espaço?

— Um problema por vez. Em relação ao Malagheta, nada vai mudar.

— E quanto à Barcelona?

— Vou ter que pedir demissão. — A reação da Maria já era esperada. — Claro que não é algo para hoje. Vou continuar enquanto estou na fase de planejamento e, mais para frente, quando já estiver tirando a ideia do papel, aviso sobre a minha decisão, treino um substituto e saio.

— Até que para alguém só com uma ideia, você tem tudo muito bem definido.

— Como eu disse, venho pensando nisso já há algum tempo.

— E posso saber por que agora?

— Isso nem eu sei. Talvez para aproveitar o embalo das mudanças. Talvez tenha a ver com buscar minha felicidade. É muito clichê?

— Sim, mas você não deixa de estar certa. Tem todo o meu apoio.

— Obrigada, Ma. Estou me sentindo mais leve. Precisava compartilhar essa notícia com alguém.

— Obrigada por ter sido comigo.

Eu me levanto, dou um beijo em sua testa e sigo em direção ao banheiro.

— Vou tomar um banho. Estou exausta e com uma dor de cabeça que está me matando.

— Ana, só mais uma coisa. Tem um recado na secretária para você e acho que é do Samuel.

Em alguns segundos, a sensação de leveza se vai. Então decido seguir para o banheiro. Quando termino meu banho, fica óbvio que evitar aquele recado só vai atrapalhar meus afazeres. Simplesmente não consigo me concentrar.

Aperto o botão e ouço a voz dele.

"Oi Ana. Como você está? Aqui é o Samuel. Bem, não quero tomar seu tempo, então vou direto ao ponto. Um dos meus clientes está muito interessado em comprar um apartamento nas imediações do nosso. Quero dizer, do seu. Inclusive mostrei algumas fotos de como era, não sei se fez alguma alteração. Tomei a liberdade de falar com o seu Humberto e ele me disse que você não vendeu, mas que talvez tivesse interesse em vender. O cliente chegou a fazer uma oferta. Conforme for, me avisa que eu marco com ele para dar só uma olhada. É isso. Até mais."

As palavras ficam dançando ao som daquela voz. Só consigo me questionar do porquê dessa mensagem agora. Falar com minha irmã sobre minha ideia foi como uma injeção de endorfina, pena ter durado tão pouco. Quero levantar e jogar uma água no rosto, mas permaneço imóvel.

A última vez que estive no meu apartamento foi no dia em que mudei para a casa da Maria, há mais de seis meses. A princípio, havia pensado em passar lá de tempos em tempos para buscar algumas roupas, mas, desde que tentei pela primeira vez, descobri que era mais fácil comprar novas. Duas ou três vezes por mês deixo a chave com o seu Paulo para que ele abra um pouco as janelas, evitando o cheiro de ambiente fechado.

Por alguma razão, lembro da reunião nos fundos da pizzaria. Dois meses se passaram desde aquele dia e agora me pego cogitando retornar. Ouvir aquela voz trouxe sentimentos há muito enterrados, além da ideia de ter que lidar com a possível venda do apartamento. Nosso, ele disse. Como pôde se confundir? Não quero pensar nisso. No entanto, ainda estou sentada na cama da Maria quando ela se junta a mim.

— Ana? Você está bem?

— Estou. Só não esperava ter que tomar essa decisão agora.

— E você não precisa fazer isso. Mas posso ser sincera?

— Claro.

— A minha opinião é de que deveria vender. Você mal consegue entrar naquele lugar. E, pensando bem, não seria nada mal deixar de pagar os custos de um apartamento daquele tamanho. Além da grana que iria levantar com a venda. Você teria mais capital para investir no seu próprio negócio. Enfim, eu só vejo pontos positivos.

— Acho que está certa.

— Mas, como disse, não precisa decidir nada agora.

— Nem que eu quisesse. Minha cabeça está prestes a explodir. Preciso de um remédio e de uma boa noite de sono.

— Certíssima. Vai descansar.

Sinto a exaustão por todo o corpo, e, ainda assim, o sono não vem. Meus olhos se mantêm abertos como se no teto da sala da Maria uma resposta fosse se desenhar. Puxo o lençol para cima e logo começo a suar. Quando o tiro de cima de mim, sinto o vento do ar gelado nos pés. Como dormir desse jeito? A sensação que tenho é de ter me iludido até aqui. Enquanto acreditava estar tocando minha vida, na verdade, eu ignorava o problema. Não entro na minha própria casa, não tenho notícias do Samuel, é como se na hora de seguir em linha reta eu criasse meu próprio desvio. E seguisse por ele.

Decido aguardar alguns dias para comunicar minha decisão de não vender o apartamento.

8

Catorze meses se passaram desde a consulta com a dra. Marcela. Naquela época, o hoje em que nos encontrávamos não era uma possibilidade. Eu temia engravidar logo e não dar tempo de arrumar um lugar maior. Agora estávamos com um apartamento de quatro quartos e apenas um deles ocupado. O plano inicial eram dois filhos, cada um no próprio espaço. Samuel sugeriu montar um escritório no último cômodo. Eu preferia algo como uma brinquedoteca. Até então permanecia vazio.

Decidimos aguardar antes de buscar ajuda. Ainda que não fizéssemos parte da média, éramos jovens e eu continuava em idade fértil. Talvez mais um ano e então voltaríamos a falar sobre clínicas e tratamentos. Sem tempo para divagações, comecei a me arrumar para o almoço de aniversário da mãe do Samuel. Dona Ruth estava completando cinquenta anos. Desde o início do namoro, ela sempre me tratou com um carinho especial. De certa forma, ela representava uma figura materna na minha vida.

Já deveríamos estar lá, mas, como sempre, era impossível fazer o Samuel chegar na hora. Ainda ouvimos uma pequena reclamação a respeito do atraso quando nos instalamos na mesa, nada com que já não estivéssemos habituados, e o almoço foi servido. Uma recepção para umas quarenta pessoas entre familiares e amigos, todos numa mesma mesa, atravessando o restaurante de um lado ao outro. Mesmo tendo sido convidado, meu pai preferiu ficar em casa, como eu já imaginava. Havia anos que ele não comparecia a eventos sociais, exceto naqueles em que sua presença era imprescindível, como no meu casamento. Maria apareceu um pouco depois da gente e por um milagre conseguiu uma cadeira ao meu lado. Ela também se sentia acolhida pelos pais do Samuel, que sempre fizeram questão de juntar nossas famílias. Estávamos conversando exatamente sobre isso quando o assunto tomou um rumo bem diferente do que eu esperava.

— Por sinal, Samuel, você tem trabalhado demais. E tenho certeza de que minha nora concorda comigo. Não estou certa?

— Está sim, dona Ruth. Ele não para nem nos finais de semana.

— As duas estão exagerando. Na maior parte dos finais de semana eu estou em casa, Ana.

— Então deve ser em outra casa. Porque não o tenho visto muito nem aos sábados e nem aos domingos.

— Opa, Samuel! Como assim? — Maria soava bem como a irmã mais velha naquele momento.

— Sua irmã está exagerando, Maria. Garanto a você.

— Meu filho, procure diminuir um pouco essa carga de trabalho. Como pretende me dar um neto se nunca está em casa?

Se eu pudesse dirigir essa cena, pediria que Samuel não olhasse direto para mim, nem que desmanchasse o sorriso tão rápido. Percebi que buscava alguma emoção no meu rosto. Tudo o que consegui fazer foi oferecer um sorriso, como se dessa forma eu pudesse despistar a todos, mas meu corpo não mentia. Minhas mãos começaram a suar e a garganta a ficar seca. Meu primeiro impulso foi pegar o copo com água na minha frente, mas, no meio do caminho, desisti e voltei meu olhar para o Samuel. No entanto, dona Ruth parecia estar só começando.

— Mamãe, por favor. Deixe-nos curtir nosso casamento primeiro. Depois pensaremos em filhos.

— Não acredito no que estou ouvindo. Pois sei que minha nora vai atender ao meu pedido. Ana, querida, coloque algum juízo na cabeça do seu marido. Esse negócio de só trabalhar não está com nada.

A Ana atriz entrou em cena, achando graça daquelas palavras.

— Vamos mudar de assunto, por favor? — Ele ainda tentou trocar o foco da conversa, sem muito sucesso.

— Podemos mudar de assunto, mas eu só vou sossegar quando ouvir a notícia tão esperada.

Eu sabia que ela não fazia por mal, não era sua intenção. Talvez eu tenha me precipitado, talvez mais um minuto e eu me acalmaria. Mas tive receio de perder o controle da situação na frente de todos, então pedi licença para ir ao banheiro e saí um tanto apressada. Maria me encontrou jogando uma água no rosto e tentando respirar fundo.

— Não se preocupe. A maioria não percebeu sua vontade súbita de vir ao banheiro. De qualquer forma, para os olhares desconfiados, justifiquei com os três copos de suco.

— Você acha que acreditaram?

Ela apenas sorriu.

— Maria, por favor, não me deixa chorar. Não quero que ninguém saiba.

— Não se preocupe, eu tranquei a porta.

— Não posso ficar aqui muito tempo. Acho melhor sairmos.

— Tem certeza de que está bem para sair?

— Tenho. Vamos.

Do outro lado da porta, dona Ruth me aguardava com uma expressão preocupada. Perguntou se estava tudo bem e é claro que afirmei estar tudo ótimo. A vontade veio tão rápida que precisei sair correndo, justifiquei. Não acho que tenha acreditado, mas foi o máximo que pude oferecer.

Assim que entramos no carro, ele trouxe o assunto de volta.

— Você está bem?

— Quer saber, não aguento mais as pessoas me perguntando isso.

— Eu só fiquei preocupado, Ana. Não precisa ser grossa.

— Desculpa. Não, eu não estou bem e me odeio por isso. De repente me tornei essa pessoa chata, que não sabe agradecer pela vida que tem. Só lamentar. Não sei como você tem me aguentado.

— É mais fácil quando a gente ama a pessoa.

Fiquei ali parada, encarando meu marido. Como a gente tinha sorte de ter se encontrado. Como eu tinha sorte. Ele estava sendo tão compreensivo. E eu tão egoísta. Há menos de dois anos, engravidar era algo que nem passava pela minha cabeça, e agora eu ficava abalada com o desejo da minha sogra por um neto. Nunca parei para pensar que a decisão partiu daquele dia em que acreditamos numa possível gravidez, da animação do Samuel, enquanto eu era só ansiedade. E, todas essas vezes em que recebi um não, ele também recebeu. Não era apenas uma constatação de que eu não seria mãe, mas também de que ele não seria pai. Enquanto eu me desmanchava, ele estava sendo minha força. E o que eu estava sendo para ele?

Passei o caminho inteiro pensando nisso, no quanto eu havia mudado. E, por mais difícil que fosse, precisava tentar algo diferente. Assim que entramos na sala, antes de tirar os sapatos e a bolsa, precisei desabafar o que estava sentindo.

— Sam? E se a gente parasse de tentar?

Ele já estava no primeiro degrau da escada quando se voltou para mim.

— Como assim? Você não quer mais ter um filho?

— Claro que quero. Mas antes preciso colocar minha cabeça no lugar. Preciso voltar a ser sua mulher.

— Não estou entendendo essa conversa.

— Só acho que precisamos de um tempo, talvez uns seis meses. Você não acha?

— Na verdade, não. Mas se é o que você quer.

— A questão não é o que eu quero, é o que parece ser melhor para nós dois nesse momento.

— Se você está sugerindo isso por causa do que aconteceu hoje à tarde, por que não contamos para as outras pessoas? Assim a gente evita essas situações.

— Você só pode estar brincando. Todos sabendo que estamos tentando ter um filho e não conseguimos? Os julgamentos, os olhares de pena. Nunca.

— Ou seja, a questão é o que você quer. Minha opinião não importa.

— Claro que importa, Sam. Mas acho que não está pensando direito.

— Você só diz isso porque a Maria já sabe. Já pensou que talvez eu queira ter alguém para desabafar também?

— Você tem a mim.

— Ana, por favor. E quando posso me abrir com você? Ao chegar em casa e te encontrar chorando sentada embaixo do chuveiro?

— Você não está sendo justo. Eu tenho meus momentos de fraqueza, mas me recupero.

— Ah, claro. Se por recuperar você quer dizer ficar quieta sem nem olhar no meu olho. Como se a culpa fosse minha.

— E a culpa é minha?

— Não. Mas eu também sofro. Eu também quero um filho. E se você fosse um pouco menos egocêntrica aceitaria que talvez seja hora de abrirmos essa conversa para os nossos pais. Ou pelo menos para o Hugo, em vez de propor que a gente desista.

— Eu não quero desistir, apenas dar um tempo. — Ele parecia não estar prestando atenção. — Mas acho melhor pararmos por aqui. Vou para o quarto.

— Claro. Vai lá, foge. Como sempre.

Eu passei por ele, evitando que nossos olhares se encontrassem, e sumi no corredor do andar de cima. Alguns segundos depois, escutei o barulho forte da porta da frente batendo. Não sei como nossa conversa se transformou em algo tão avesso ao que eu imaginava. A intenção era mostrar que eu também estava ali para ele. Ao contrário disso, ele me fez ver que eu não estava. Cheguei a pensar em propor uma viagem, o que não deu tempo. Quando percebi, estávamos no meio de uma discussão, de novo.

9

A rua fica no bairro do Pina e não é das mais movimentadas, de construções simples e baixas, apenas residências e comércios pequenos. Foram necessárias semanas de pesquisa, muitos corretores e visitas a dezenas de imóveis no horário de almoço ou depois do expediente até encontrá-la. A casa é velha e necessita de alguma reforma, o que já era esperado, mas gosto dela. Olhando de fora, penso que precisa de uma boa pintura. Suas cores opacas não sugerem que, ao entrar ali, as pessoas irão se deparar com um balcão de sobremesas e tortas das mais variadas, e é por isso que entre as decisões mais importantes do projeto da confeitaria está a cor da fachada. Nada que eu já não saiba exatamente como vai ficar.

Enquanto dou andamento a todas as etapas burocráticas e definições do projeto, não posso ignorar a proposta dele. Por um tempo tive certeza de que não venderia o apartamento. No entanto, tudo mudou depois do encontro de alguns dias atrás com meu pai e Maria.

Era uma quinta-feira. Saí mais cedo da editora devido à reunião com uma das arquitetas, de quem solicitei orçamento para o projeto da loja, e corri até em casa para tomar um banho rápido e sair. O que eu não esperava era encontrar um bilhete da minha irmã em cima da mesa da cozinha: "Estamos no café da esquina". O nós a que se referia só podia ser papai e ela. A princípio pensei em deixar uma resposta embaixo, explicando o compromisso já marcado, mas, por alguma razão, fiz o inverso: mandei uma mensagem à arquiteta pedindo desculpas e cancelei a reunião, seguindo para a cafeteria.

Do lado de fora já era possível avistá-los, uma vez que a fachada era toda de vidro. Eles pareciam compor a vitrine. Maria acenava como se minha visão estivesse comprometida. Quando sentei, ela terminava seu espresso pequeno sem açúcar enquanto papai ainda degustava um espumone, o famoso café com leite. Eu, que costumava pedir sempre um cappuccino, optei por uma limonada suíça refrescante, que o calor exigia.

— Então, qual o motivo da emboscada?

Fizeram-se de desentendidos. Passamos os vinte minutos seguintes falando basicamente sobre as novas turmas de yoga no estúdio da Maria, ou como estava o movimento nas lojas. Perguntaram-me sobre os próximos livros a serem lançados. Enfim, nada que justificasse tirar meu pai do escritório para vir tomar um café no meio da semana. Até que o tom da conversa mudou.

— E o apartamento? Você está decidida a não vender?

— Só falta avisar ao Samuel.

— Não acha que o dinheiro viria em boa hora? Sua irmã me disse que você tem um novo projeto.

— Maria! Obrigada pela discrição.

— Ah, Ana. Vá me desculpar, mas estamos falando do papai.

— Querida, não culpe sua irmã. Ela não me disse o que é, apenas que tem novos planos. Mais vaga, impossível.

— Sim, tenho. Desculpa, papai, por não ter falado nada. Só estava esperando ter algo mais concreto. Mas agora que o lugar está praticamente definido, posso falar sem medo. Vou abrir minha própria loja de doces e bolos.

— Já encontrou o local? — exclamou Maria. — Disso nem eu sabia.

— Parabéns pela coragem, filha. Sei que não deve ser fácil abrir mão do seu emprego. De toda forma, tem o meu apoio. Acredito muito no seu talento.

Ouvir aquelas palavras do meu pai foi como um empurrão para seguir em frente.

— Obrigada.

— Mas como eu estava falando, você não acha que seria um momento oportuno para vender o apartamento?

— Talvez. A questão é que tenho algumas economias guardadas e não vou precisar de tanto assim. Não pretendo fazer uma reforma grande.

— Entendo.

Notei que Maria esperava outra resposta dele em vez de aceitar o que eu estava dizendo.

— O que foi? Por que estão se olhando desse jeito? Maria?

— Desculpa, papai, mas não consigo guardar.

— Guardar o quê?

— Ana, eu não acho justo você deixar de vender um lugar que é pura recordação de um casamento fracassado enquanto seu ex-marido está seguindo em frente.

Eu ainda absorvia a palavra "fracassado". E, antes que acontecesse, toda a discussão estava pronta na minha cabeça. Não diga isso. Desculpa, Ana. Mas é a verdade. Não, não é. Nosso casamento não fracassou. Ana, você ouviu o que eu disse? Ele está com outra pessoa. Num segundo momento veio a pancada. Aquelas quatro palavras não causaram incômodo. Foi mais uma mistura de dor física com dor na alma, uma espécie de murro na face. Ele seguiu em frente.

Eu deveria estar preparada. Deveria, mas não estava. Precisava sair dali e respirar. Não tive tempo de me despedir, apenas peguei a bolsa e me levantei. Ainda ouvi minha irmã me chamando, mas, antes que ela pudesse me alcançar, eu me virei e pedi que não viesse. Seu olhar mostrava o quanto ela queria fingir que não me ouviu, mas, naquele momento, entendia como eu precisava ficar sozinha.

Não queria voltar para casa, ao menos não para a casa da Maria. Resolvi ir para a minha. Fiz boa parte do percurso andando, até não aguentar mais o calor. Chamei o primeiro táxi que vi passar.

Ao chegar no prédio, vi a curiosidade nos olhos do seu Paulo. Sorri para ele e passei direto. Quando abri a porta da sala, percebi a noite chegando, mas em vez de acender as luzes, fui direto para o banheiro. Liguei o chuveiro e me meti debaixo dele, tirei o suor, o cansaço, a decepção e o rancor. Saí de lá direto para a cama, onde passei a hora seguinte de olhos vidrados no teto. Não chorei. Por que choraria? Nada na minha vida tinha mudado. Devia chorar por isso talvez, pela minha decisão de não ter feito nada de diferente. Mas nenhuma lágrima por ele.

Lembrei-me de uma sexta-feira, há pouco tempo. Estava me organizando para sair da minha sala quando vi chegar um rapaz alto e magro. Do tipo quase desengonçado, usava óculos de armações grossas, azul-escuras, não deixava de ter um rosto bonito. Ele fora buscar uma das estagiárias e, no início da semana seguinte, a menina veio falar comigo. Desculpe a intromissão, Ana. Não sei se está namorando... e, caso esteja, já peço desculpas, mas meu irmão ficou muito interessado. Quis pegar seu número de telefone e eu prometi que daria caso você concordasse. Da forma mais gentil que pude expliquei não estar interessada em relacionamentos naquele momento. Não sentia como se tivesse a opção. Saber que o Samuel não estava mais solteiro serviu como um lembrete de que nosso vínculo se fora há muito. Há pelo menos um ano, de acordo com a justiça.

Coloquei um vestido bem soltinho e decidi andar pela casa. Passei pelas portas dos quartos até chegar ao que seria o do bebê. A lua iluminava metade do tapete de tricô e metade do chão de madeira. Comprara aquele tapete havia tantos anos. Estávamos tentando tinha uns dois ou três meses e escolhi o cinza-claro por ser uma cor neutra. Foi o primeiro e único item do enxoval. Sem coragem de entrar devido às recordações e expectativas, desci para o térreo e acendi todas as lâmpadas da casa, exatamente como fazíamos ao receber amigos e família. Resolvi fazer algo para comer, mas, ao abrir a despensa, encontrei as prateleiras vazias e me lembrei de ter pedido ao seu Paulo para esvaziar os armários como forma de evitar que os alimentos estragassem. Troquei de roupa e fui ao mercado do outro lado da rua, retornando em poucos minutos. Enquanto aguardava a água na chaleira ferver, comecei a preparar a massa de banana para panquecas. Da janela da cozinha, via todos os arranha-céus da cidade. Quando o café ficou pronto, fui me sentar na mesa da sala, como sempre fiz. Enquanto comia, olhava ao redor; e em cada canto, enxergava um momento do passado. Das brigas às comemorações.

Antes de voltar para o quarto, resolvi ficar mais um pouco por ali, deitada no sofá, pensando na conversa de mais cedo; e a vontade do meu pai de que eu vendesse o apartamento começou a fazer mais sentido. Não tinha nada a ver com o dinheiro, o que importava mesmo era me tirar desse casulo de lembranças de um casamento fracassado, como Maria havia bem definido.

Desde então, sei o que preciso fazer. Só não tinha me

sentido pronta no mesmo dia. Hoje eu sei que não posso mais adiar e, por isso, apenas tomo uma atitude e deixo a mensagem na caixa postal dele, grata por não ter atendido.

— Alô, Samuel? É a Ana. Diga ao seu cliente que eu aceito a oferta.

Quando penso em todo o nervosismo que senti durante aquele um minuto em que fiquei aguardando se ele atenderia a ligação, não tenho orgulho de mim. E, como um limite que atinjo, tomo a decisão de retornar às reuniões do grupo de mulheres divorciadas. Preciso lidar com tudo o que vem me perturbando nos últimos meses em vez de continuar persistindo num caminho cheio de pedras, sabendo que eu as estou colocando lá.

Assim que percorro o corredor de samambaias e entro na sala, dou de cara com as mesmas cinco mulheres que deixei para trás da última vez em que estive aqui. Janete vem ao meu encontro quando percebe meu embaraço. Logo em seguida explica que é normal certa relutância em retornar nas primeiras vezes e diz que, caso eu me sinta à vontade dessa vez, elas ficariam felizes em ouvir um pouco da minha história.

Em poucos minutos, conto como era o nosso relacionamento, antes e depois do casamento. Nada parecia ter mudado em relação à fase do namoro, exceto por termos passado a voltar para a mesma casa. A mudança veio depois de um tempo da decisão de engravidar. Faço um breve resumo sobre a fase das tentativas, já com ajuda profissional, e enfim chego ao ponto do divórcio.

— Não acabou por falta de amor. Nosso casamento foi engolido por algo maior, com o qual não soubemos lidar.

Elas me escutam em silêncio e eu tenho noção de que o meu relato é bem diferente do que estão acostumadas a ouvir. Ao mesmo tempo, sinto essa necessidade de falar.

— Recentemente, fiquei sabendo que ele está num relacionamento novo.

Nesse ponto, Janete intervém.

— E o que você sentiu?

Demoro alguns segundos para responder, encarando minhas mãos sobre os joelhos, como uma forma de me preparar para o que estou prestes a dizer. Sei exatamente o que senti assim que soube.

— Ciúmes. E logo depois raiva. De mim. Por não ter tocado minha vida. Parei no tempo e nem percebi. Até poucos dias atrás, estava morando com minha irmã, incapaz de entrar no que antes era o nosso apartamento. E, sobre um possível relacionamento, isso nem passava pela minha mente. Hoje me questiono qual é o tempo certo para se relacionar depois de um divórcio. Seis meses? Um ano? Não tenho ideia.

— Eu acho que essa coisa de tempo certo não existe.

Quem falou foi a mulher que usava uma roupa de ginástica no meu primeiro encontro. Hoje, de saia lápis e camisa social, tenho outra impressão dela. A certeza de que o problema de baixa autoestima foi superado. Ela continua.

— Há quem arrume outra pessoa em duas semanas ou até em menos tempo. — Percebo pelo sorriso irônico que ela se refere ao ex-marido. — Mas, por favor, continue.

— A verdade é que passei os últimos anos do casamento sem conseguir nos ver como um casal. Éramos somente duas pessoas tentando ter um filho. E, quando veio o divórcio, nunca cheguei a pensar nele com outra pessoa. Sei que fui ingênua, ou talvez só tenha preferido ignorar essa possibilidade. Enfim, já falei muito. Obrigada por me ouvirem.

— Obrigada a você por confiar em nós — diz Janete. — Espero que esteja se sentindo melhor agora.

A reunião termina e eu ainda não sou capaz de dizer

como me sinto. Aliviada ou envergonhada. Não consigo definir naquele momento se volto outras vezes ou se esse lugar não é para mim. Estou atravessando o quintal a caminho da saída quando uma delas me chama.

— Ana! Desculpa a intromissão, talvez eu esteja passando dos limites aqui. Mas precisava perguntar. Por que vocês se divorciaram? De verdade?

Tenho a impressão de que ela está insinuando que eu menti. Começo a abrir a boca para responder quando ela continua.

— Eu entendi a questão de não conseguir ter filhos. O que eu não entendi é por que abriu mão do seu marido. Você mesma disse que não foi falta de amor. E, quanto mais você falava, mais eu ficava sem entender o que estava fazendo aqui.

Eu não esperava ouvir nada daquilo e permaneci muda.

— Desculpa. Não quis parecer desrespeitosa. Mas talvez seja algo para você pensar. — Ela se despede e me deixa ali.

Fico encarando o corredor, observando-a se afastar, e, só quando começo a ouvir outras mulheres se despedindo lá dentro, acelero meu passo até o carro.

10

Enquanto aguardava o notebook iniciar, observava o vapor do café se desfazendo por cima da caneca esmaltada com aparência de velha, trazida na nossa última viagem ao Sul. Foi quando ouvi o celular vibrando e o nome da minha irmã apareceu. Àquela hora do sábado, eu imaginava que ela já estaria nos primeiros exercícios de alongamento com suas alunas. Explicou que pediram para remarcar a aula e que, como ficou com a manhã livre, resolveu ir à praia aproveitar o sol de junho.

— À praia? O que te deu? Acho que na última vez em que fomos eu tinha acabado de entregar meu TCC.

— Tem tanto tempo assim? Mais uma razão para irmos. O Samuel está em casa?

— Não. Ele foi visitar uma obra no interior. Só volta à tarde.

— Vamos, Ana. Por favor. Só precisa andar um quarteirão e atravessar a rua.

— Eu preciso terminar o artigo do bolo de milho hoje. Não vou ter tempo durante a semana.

— A gente volta antes do almoço. Você ainda vai ter bastante tempo.

— Tá bom. Acho que duas ou três horinhas não vão atrapalhar tanto.

— Passo aí em meia hora.

— Meia hora?

— Sim. É só pôr o biquíni e passar o protetor. Quer mais tempo para quê?

— Deixa eu desligar então. Até daqui a pouco.

Mandei uma mensagem para o Samuel, caso ele voltasse mais cedo. Cinco minutos depois, o visor acendeu. Sério? Você e Maria na praia? Cuidado. Há grandes chances de chuva. E em seguida um emoticon de gargalhada. As chances existiam de fato e nada tinham a ver com a nossa presença na areia. Estávamos prestes a entrar no inverno e os dias chuvosos marcavam a estação no Recife.

Já fazia algum tempo desde o nosso último programa juntas e isso foi o que me motivou a aceitar o convite, apesar de não ser muito fã de praia. Tomei a decisão mais pela companhia do que pelo ambiente e já conseguia prever o que nos aguardava. Embaixo das barracas, o calor intenso, ainda que não como em janeiro, fazia o suor grudar na pele. Desconhecia sol frio em Recife.

Estava guardando minha carteira e os óculos na bolsa quando o interfone tocou. Pedi ao porteiro para avisar que já ia descer, só precisava pegar uma canga e o celular. Saindo do prédio, senti o sol mais forte do que esperava. A vontade foi de voltar e pegar o protetor, mas Maria não deixou, alegando que o efeito do que eu já havia passado durava pelo menos duas horas e não iríamos ficar mais do que isso. Acabei cedendo. Enquanto caminhávamos, fui invadida por uma sensação de nostalgia, dos tempos da minha adolescência quando Maria já tinha seus vinte e poucos anos. Não éramos frequentadoras assíduas, mas pelo menos uma vez por mês estávamos lá, nem que fosse para um mergulho rápido.

Ainda era cedo. Chegamos antes das nove e escolhemos uma barraca numa área de pouco movimento, entre o primeiro e o segundo jardim da avenida Boa Viagem, longe de todos os quiosques badalados do momento. Naquele dia, a areia estava branca e fofa. Quente, mas não a ponto de ter que usar os chinelos. Adorava aquela sensação de pé na areia, o que me fez questionar por que aquilo não fazia parte da minha rotina. Morava há poucos metros da praia e quase nunca caminhava no calçadão ou vinha tomar uma água de coco. O rapaz responsável pelos guarda-sóis amarelos apareceu assim que nos sentamos para oferecer uma bebida. Àquela hora da manhã e sob um sol de pelo menos trinta graus, a única coisa que fazia sentido para mim era uma água bem gelada. Ao observar as cadeiras ao redor, notei apenas um casal na faixa dos sessenta anos, com cara de estrangeiros. Apesar da pele alva, as bochechas eram de um vermelho intenso. Sorriram para a gente e continuaram a conversa. O mar parecia ainda estar secando, o que a meu ver foi a melhor das notícias. Adorava a maré baixa.

— E então? Arrependida de ter vindo?

— Até agora não. Esses primeiros cinco minutos foram muito agradáveis.

— Engraçadinha. Só estou querendo mostrar que existe vida fora de casa e do trabalho. Você e o Samuel parecem ter esquecido disso. Precisam respirar outros ares.

— Por acaso isso aqui foi arranjado com ele?

— Eu não posso ter a iniciativa de chamar minha irmã para vir à praia sozinha?

— Considerando nosso histórico de saídas dos últimos dez anos, devo admitir que achei um pouco estranho.

— Porque você só está acostumada com tudo planejado.

Maria tocou num ponto que vinha me incomodando mais

que o normal ultimamente. Eu a encarei por um tempo, tentando notar se ela percebera, mas pareceu que não.

— Não concordo com você. E por que está me olhando assim?

— Eu tenho uma confissão a fazer.

— Faça logo então.

— Eu não tive as aulas de hoje pela manhã porque as cancelei.

— Por que fez isso?

— Para poder estar aqui, com você.

— Maria, e se você encontrar uma de suas alunas?

— Aí eu vou ter que pensar numa boa desculpa. Mas quais as chances de isso acontecer?

— Bom, considerando que o centro fica em Boa Viagem e estamos na praia de Boa Viagem, não acho que são tão pequenas assim.

— Não se preocupe. Eu me resolvo com elas.

— Não entendi por que tanta questão de estar aqui comigo.

— Já falei. Você precisava sair de casa, desopilar um pouco.

— Agora fez todo sentido. E ainda diz que o Samuel não tem nada a ver com esse programinha?

— Não tem mesmo. Ana, relaxa. Viemos aqui para fazer nada. Pensar em nada. Não para brigar, apenas curta um pouco o momento.

Preferi não responder. Ainda de óculos, mantive o olhar fixo nas ondas que se desfaziam lá na frente.

— Então por favor queira desmanchar esse bico enorme que se formou no seu rosto.

— Não estou fazendo nenhum bico.

— Só diz isso porque não está vendo seu perfil.

Estávamos tão envolvidas naquela conversa que não percebemos um grupo de garotos um pouco mais jovens, na faixa de vinte a uns vinte e cinco anos, no máximo, tomando conta das sombrinhas à nossa esquerda. Em pouco tempo, começaram as piadinhas. Um deles achou seguro se aproximar. Antes que pudesse elaborar qualquer tipo de cantada ou dizer o que quer que fosse sair da sua boca, Maria já estava com a resposta na ponta da língua:

— Não está vendo o tamanho desse anel? Ela é casada e eu gosto de mulher. Então nem perca seu tempo!

Ele parou e voltou em meio às risadas dos amigos. Parecia estar praguejando alguma coisa que não consegui entender.

— Maria! Você está doida?

— O que foi? Se eu não falasse isso, não nos deixariam em paz.

— Bom, é bem provável.

Em busca de privacidade, resolvemos entrar no mar. Pelo menos eu não havia esquecido de levar o boné. O calor já estava incomodando e o guarda-sol não estava mais dando conta. Precisávamos de um mergulho.

— Então, como você tem estado? — perguntou Maria.

— Pensei que não iria perguntar nunca.

— Não costumo ir direto ao ponto.

— Ah, tem dias e dias. Essa última semana foi de relativa paz.

— Fico feliz em saber.

— Acho que para você é mais difícil de entender. Nunca fez parte dos seus planos ser mãe.

— Eu nunca disse isso. Mas, se não acontecer pra mim, está tudo bem. Talvez eu até prefira mesmo não ter filhos — disse a última frase quase se esquivando. — Você deve estar me achando a pior pessoa do mundo por dizer isso, não deve?

— Na verdade, não. Eu não tenho essa ideia de que ter filhos é uma obrigação de todo adulto. Isso é coisa que a sociedade quer colocar na nossa cabeça. Eu não penso que tenho que ter filhos, eu quero isso pra mim.

— Quando minha irmãzinha caçula diz uma coisa assim, dá até vontade de aplaudir. — Ela buscou minha mão e a segurou por alguns segundos. — Pena que a maior parte das pessoas não pense assim. Pena que alguns ainda se coloquem numa posição de cobrar filhos dos outros.

Ela sorri pra mim e permanecemos ali em silêncio por um tempo.

— Sabe, eu sempre sonhei em levar as crianças para a escola, em ler histórias na hora de dormir.

— E isso vai acontecer no futuro, Ana.

— Num futuro que não poderia estar mais incerto.

— Não pode perder as esperanças, Nana. Precisa acreditar que sua hora vai chegar.

— E se não chegar?

— Se não chegar, paciência. Hoje existem tantas alternativas, inclusive adoção.

— Eu queria ser como você, vivendo um dia de cada vez. Seria tão mais fácil.

— Talvez, mas você não é assim. Eu não faço questão nem de casar. Posso encontrar um cara legal amanhã e resolver morar junto sem problema nenhum. O que você jamais faria.

— Jamais. — Nós rimos juntas da minha reação. — Ei, vamos voltar? Estou preocupada com esse sol forte.

— E eu estou louca por uma água de coco.

Não ficamos mais do que vinte minutos na barraca, só o tempo de nos secar com o sol, já que nenhuma das duas se lembrou de levar uma toalha. Antes de me despedir, agradeci a ela pelo convite. De alguma forma, sentia o corpo mais leve.

Enquanto tomava um banho, toda a conversa daquela manhã ressoava dentro de mim. Seria tão mais fácil ser como a minha irmã. Se fosse, talvez eu já estivesse com uma criança nos braços. Nada me convence de que toda a culpa do nosso fracasso está na paranoia alimentada por mim desde que completamos os doze meses de tentativas. Eu só precisava descobrir um meio de desfazer esse nó.

11

Naquela segunda-feira, cheguei em casa faltando quinze minutos para as nove, pus minhas chaves e a carteira na vasilha por cima do aparador e tive a certeza de que havia algo errado quando notei a bolsa em cima da mesa e todo o andar de baixo na escuridão. Acendi o abajur e chamei pela Ana, e o silêncio não se desfez. Ao subir, encontrei nosso quarto sem luz, a cama ainda arrumada do jeito que deixamos pela manhã. Apenas um feixe passava por debaixo da porta do closet.

— Ana? Você está aí?

Quando empurrei o puxador para o lado, dei de cara com minha esposa sentada no chão e o rosto enfiado entre os joelhos. Me abaixei ao seu lado e a abracei. Permanecemos daquele jeito por alguns minutos. No chão, a tela do notebook iluminava nossas roupas ao redor e exibia a última busca feita: por que não consigo engravidar?

Pedi que se levantasse e fosse lavar o rosto. Quando ela ficou de pé, de frente pra mim, seus olhos denunciaram o que havia ocorrido e eu pude entender em que dia do ciclo ela estava, o dia que não deveria chegar. Tudo o que aquilo representava outra vez para nossa vida, vinte e quatro tentativas fracassadas.

Não era a primeira vez que eu a encontrava daquele jeito. No último mês foi no banheiro, sentada no box com a água do chuveiro caindo por cima da cabeça, os cabelos escorridos e os olhos vermelhos fechados, como se a dor da frustração pudesse ser lavada e levada embora. Nos primeiros meses, a parte mais difícil costumava ser a negativa dos resultados. Conforme o tempo foi passando, eu percebi que doía mais presenciar o que aquilo fazia à minha esposa do que o resultado em si. Minhas frases de incentivo começavam a perder força, eu não era mais capaz de dizer que no próximo mês seria diferente. Não que eu tivesse deixado de acreditar, o problema não era esse. Parei de dizer porque ela começou a criar as piores brigas por eu enchê-la de uma esperança que nunca se concretizava. Minha crença de que no próximo ano estaríamos rindo de tudo isso era o que me fortalecia quando uma pontada de insegurança brotava na minha mente.

Há uns seis meses, passamos pelo pior primeiro dia de ciclo. Ana não só menstruara como também havia recebido a notícia, ao chegar à editora, de que sua assistente estava grávida. Ainda não sei como se conteve durante o dia todo, mas, ao chegar em casa, chorou por algumas horas e, acidentalmente, quebrou uma xícara e um prato. Ao menos foi a versão dela, já que eu não estava presente quando aconteceu. No dia seguinte, precisou faltar ao expediente da manhã para que seus olhos desinchassem por completo e a dor de cabeça diminuísse, e eu tive que ligar para a empresa, avisando que só chegaria no início da tarde, horário em que ela estaria saindo de casa.

Depois de jogar uma água no rosto, ela veio se sentar na cama comigo. Percebi que precisava conversar e, dessa vez, eu só aguardei até ela estar pronta.

— Sabe o que mais incomoda? A falta de controle. Não é como quando eu era pequena e meu pai dizia "Ana, se você quiser ser alguém na vida, tem que estudar e se empenhar. Só depende de você".

— Eu sei, amor.

— Isso acaba comigo. Por mais que a gente tente, que a gente vá atrás de ajuda profissional, nunca teremos cem por cento de certeza de que dará certo.

— Querida, não vamos pensar assim.

— Mas é verdade, Samuel. Acabei de ler casos de mulheres que tentaram mais de dez vezes a fertilização e não deu certo. Você sabia disso?

— Ana, fica calma. Por que está lendo essas coisas? Isso só faz mal a você.

— Eu não quero saber se me faz mal. Eu quero saber da realidade. Sempre achei que, por mais que a gente não conseguisse da forma natural, sempre teríamos a inseminação ou FIV, como eles chamam. Mas nenhum dos dois garante que a gente vá ter sucesso. Isso é ridículo. Pode ser que eu nunca seja mãe!

O choro voltava a dominá-la.

— Ana, para! Você está se descontrolando. Olha, vamos fazer assim. Amanhã de manhã você vai ligar para a clínica e marcar uma consulta. E lá tiramos todas as nossas dúvidas. Por favor, não leia mais essas matérias. Combinado?

Ela só conseguiu balançar a cabeça.

— Ia falar com você daqui alguns dias, mas talvez agora seja o melhor momento. Estava pensando em viajar. O que acha? Pode ser para algum lugar aqui perto. Alguma praia mais reservada.

— Eu gosto da ideia.

— Posso reservar um hotel para esse fim de semana?

— Pode. — Ela veio até mim, repousou o rosto no meu ombro e colocou os braços ao meu redor, apertando forte, como se tentasse sugar uma força que eu nem sabia mais se tinha. — Obrigada por me aguentar.

— Não precisa me agradecer. Vamos passar por isso juntos. — Eu a beijei na testa e retribuí o abraço. — Só tenho uma regra: nada de computador nem de Malagheta. Quero um fim de semana inteiro em que só existam eu e você.

Ao reservar o hotel, optei por um daqueles voltados ao público de casais. A ideia era esquecer o que estávamos vivendo nos dois últimos anos, por isso resorts do tipo família não se encaixavam no perfil de melhor lugar como distração para quem não está conseguindo engravidar.

Passamos o fim de semana entre o mar e a piscina, alguns drinks e zero incidentes com crianças. Reservei uma pousada em Japaratinga com restrições para menores de catorze anos e combinamos de não falar sobre gravidez até a terça, quando teríamos nossa primeira consulta na clínica de reprodução. Foram dois dias acordando depois das nove e tomando café da manhã na cama. Caminhadas na areia da praia com direito ao pôr do sol no mar e jantar romântico montado para nós dois em um dos jardins reservados da pousada. Por quarenta e oito horas, voltamos a ser namorados e relembramos os primeiros encontros, inclusive o dia em que nos conhecemos, numa noite de sábado, no antigo prédio do Hugo, quando ele estava saindo da casa dos pais. Era uma daquelas festinhas planejadas para trinta pessoas em que, no fim, aparecem menos da metade. Pelo que me recordava, já estávamos muito perto do São João e em todos os fins de semana do mês as casas de shows ficavam lotadas. Ainda briguei com ele porque estava louco para ir a uma festa no Clube Português e ele inventou de fazer aquela reunião. Para minha sorte, meu amigo havia convidado a Maria, que resolveu levar a irmã de última hora. Ainda me lembro da roupa que ela usava, do vestido verde com jaqueta jeans. Desde o momento em que ela entrou no salão de festa, eu não consegui tirar os olhos dela. A partir daquele dia, minha vida deu início a outra fase.

No domingo, voltamos para casa no fim da tarde e, depois de todas aquelas lembranças, tivemos a ideia de convidar os responsáveis por estarmos juntos. Ligamos então para o Hugo e a Maria. Eles aceitaram o convite e pouco mais de duas horas depois, estávamos jantando uma deliciosa pizza de massa fina no Tomaselli. Já fazia um bom tempo desde que estivéramos os quatro juntos. Quase dois anos, se não estava enganado. Foi o melhor jeito de encerrar o que havia sido um fim de semana como há muito tempo não tínhamos. Devido ao cansaço da viagem, não nos demoramos muito. Já os dois preferiram ficar mais um pouco.

12

Peço ao comprador um prazo de trinta dias para encontrar outro lugar. Não volto mais para a casa da Maria. Por mais que tenha sido a melhor parte dos últimos meses, preciso seguir sozinha, evoluir. Sinto como se estivesse num jogo de tabuleiro vendo minha peça parada desde o início da partida. Talvez tenha andado uma casa, não mais que isso. Uso esse tempo para dar uma olhada em outros apartamentos, além de empacotar todos os meus itens pessoais. Como o cliente havia solicitado, estou deixando todos os eletrodomésticos e as peças de decoração, inclusive o Chinês.

De certa forma, tem sido um período de despedida. Não só de um lugar, mas de uma vida que ficou para trás. Todos os dias sinto um pouco menos a presença dele aqui; seu cheiro se foi, sua bagunça, as marcas de copo em cima dos móveis. Essas coisas se foram há tempos e eu só consegui perceber agora. Demorei muito para aceitar que esse dia chegaria, por isso não me separei no todo. Apenas no papel. No corpo, mas não na alma. Samuel ainda ocupava a minha essência. Não mais. Nesse mês, eu me despeço.

Não levo o tapete cinza. A esposa do cliente estranhou o quarto com apenas um tapete no centro. Quando questionada, menti. Não me lembro a ocasião, talvez uma viagem a Buenos Aires, achei que a cor neutra combinaria facilmente com uma das salas. Não deu certo e acabou ficando no quarto vazio. Por que não no outro, onde guardam os entulhos? Um sorriso forçado foi o suficiente para que ela entendesse o meu esforço em não querer responder, tentando ser educada.

Separo dois dias para a biblioteca. O primeiro é para usufruto. Escrevo ali pela última vez. Nada sobre cafeterias e confeitarias da cidade ou sobremesas exóticas. Redijo um artigo sobre bolo de chocolate e só então percebo que, em todos esses anos, nunca falei sobre minha receita favorita. Aprendi aos seis anos com minha mãe, a mais simples de todas, a mais fácil, e ainda assim a mais gostosa. Escuto a voz dela. O leite deve ser despejado aos poucos, nada de jogar tudo de uma vez. Faz com que o bolo fique mais macio. Se tem lógica ou não, não sei, mas nunca fiz de outro jeito. Já o segundo dia uso para encaixotar todos os livros. Separo-os em categorias. Romances clássicos e contemporâneos, poesia, gramática, os não lidos e os de receitas.

Quando fecho a última caixa, olho ao redor e me lembro da primeira vez que estive ali. As prateleiras cheias, tão diferentes dos espaços vazios que deixo agora. Ele vendou os meus olhos e eu não entendia por que tanto suspense ao mostrar como havia ficado nosso escritório. Estávamos tentando engravidar havia pouco mais de dois anos e eu não falava mais em fazer uma brinquedoteca. Então, o acordo foi ocupar pelo menos um dos quartos. Todo aquele vazio era uma grande tortura para os dois. E a decisão mais racional foi criar uma espécie de home office, onde os dois poderíamos trabalhar. Preferi não opinar sobre o projeto. Nada me interessava muito naquela época. Na manhã do dia em que ele finalizou a reforma, avisou que precisaria chegar cedo na empresa. Saí uma meia hora depois dele e só voltei perto das sete da noite. Quando cheguei em casa, a luz da cozinha estava acesa e ele terminava de passar o café.

— Você que fez? Qual a ocasião?

— Eu só queria mostrar à minha esposa que não sou bom apenas em obras. Na verdade, minha especialidade é fazê-la feliz.

— E sua forma de demonstrar é com uma xícara de café?

— Feita por mim! Mas não é só isso.

Então ele segurou minha mão.

— Primeiro, deixe-me entregar sua caneca. Depois, se puder me acompanhar...

— Aonde vamos?

— Logo ali.

— Ah sim, o escritório. Está pronto?

E então cobriu meus olhos, me guiou por alguns passos à frente e pediu que eu removesse a venda. Quando vi tudo o que ele fizera, senti uma mistura de êxtase, carinho e gratidão, uma felicidade que há tempos não experimentava. Samuel me presenteou com minha própria biblioteca. Todas aquelas prateleiras, todos os livros e uma foto em especial. Eu devia ter uns cinco anos, usava um avental e de pé em um banquinho, abraçada por minha mãe na cozinha de nossa casa. Ele pensou em todos os detalhes. A gente deve ter passado umas duas horas ali naquela noite. Eu queria absorver cada decisão dele.

Costumo chegar todos os dias na editora pouco antes das oito. Devido à exaustão de empacotar minhas coisas no fim de semana, acabo me atrasando na segunda-feira. Entro na minha sala quase às nove. Assim que me situo, Inês aparece para repassar os compromissos do dia. Não gosto de usá-la como secretária, mas nesses últimos meses não tenho tido muito tempo para entrevistar nenhum candidato à vaga. De toda forma, nos damos bem, além de eu enxergar nela um grande talento para a arte da revisão. Em pouco mais de um ano, deve estar concluindo o curso de letras. No que depender de mim, será efetivada assim que possível.

Ela já está de saída quando me lembro do outro assunto:

— Inês, só mais uma coisa.

— Sim, senhora.

— Primeiro, não precisa me chamar de senhora. Só Ana, por favor. Segundo, caso seu irmão ainda tenha interesse, pode passar o meu número.

— Ah, verdade? Ele tem sim. Quer dizer, eu acho. Até onde eu sei, ele não está saindo com ninguém.

— Certo. E, por favor, vamos manter isso entre a gente.

— Claro, claro.

— Era só isso. Obrigada.

Assim que ela sai, procuro respirar fundo. Não sei se fiz a coisa certa, e não pretendo me desconcentrar pensando no assunto. Há muito trabalho pela frente. Reunião com autor e ilustrador em meia hora. Preciso me organizar, então me lembro que não sei nada sobre o irmão de Inês. Começo a me sentir enjoada e um pouco em pânico. Preciso pelo menos de informações básicas, por isso peço a Inês que volte à minha sala.

— Pois não?

— Eu não sei o nome dele. Nem idade. Ou profissão.

— Do meu irmão? É Murilo. Tem trinta anos e trabalha com TI no Porto Digital.

— Hum. Certo.

— Se me permite acrescentar, não é porque é o meu irmão, mas ele é uma pessoa incrível.

Como não respondo, ela continua.

— Quando perdemos nosso pai, eu tinha uns dez anos e ele, vinte. Durante seis meses, dormiu todos os dias num colchão ao lado da minha cama. Eu era muito apegada ao papai. O Murilo foi a minha força nessa época.

— Obrigada por compartilhar comigo.

— Só peço que não diga nada a ele.

— Claro. Não se preocupe. Nem sabemos se ele vai ligar. Mas, caso ligue, não vou comentar nada sobre o que acabou de me dizer.

— Eu acredito que ele vá ligar sim.

— Certo.

— Mais alguma coisa?

— Não. Só isso. Obrigada.

De repente volto a ter quinze anos, para a fase da paquera. Não sei mais o que é isso, acredito que o termo nem seja mais esse. A última vez em que tive um primeiro encontro foi uns dez anos atrás e eu já conhecia o meu acompanhante antes de sairmos. Dessa vez, é quase um encontro às escuras. Apesar de já termos nos visto, nunca trocamos uma palavra. Não sei por que toda essa preocupação, talvez ele nem ligue. Como a própria Inês mencionou, ele já pode estar saindo com outra pessoa. Mais uma vez, tento tirar essas indagações da cabeça. Há muito o que fazer por aqui.

O resto do dia transcorre sem que eu veja o tempo passar. Depois de três reuniões e muitas páginas lidas, separo alguns manuscritos recebidos para analisar até o fim do mês e me organizo para voltar para casa. Talvez vá visitar Maria. Não nos vemos há mais de uma semana. Quando estou salvando alguns arquivos para desligar meu computador, escuto uma batida na porta. Num reflexo, peço que entre e então ele está ali, diante de mim. Checo o celular para confirmar se há alguma ligação perdida.

— Desculpe a intromissão. Estou vendo que já estava de saída.

— Ah, sim. Por hoje já encerrei.

— Eu combinei de vir buscar minha irmã, e quando cheguei ela me deu uma notícia muito boa.

Não sei por quê, mas nada me vem à mente, apenas sorrio.

— Você tem algum compromisso agora? Talvez o correto fosse ligar ou ao menos mandar uma mensagem antes. Mas, como já estou aqui, o que acha de sairmos para comer alguma coisa?

Enquanto ele aguarda uma resposta, eu me questiono se a Inês já sabia que o irmão iria aparecer e preferiu deixar que eu descobrisse por conta própria.

— De fato você me pegou de surpresa. Eu esperava poder tomar um banho antes ou estar com uma roupa mais adequada.

— Também estou vindo direto do trabalho. Isso a incomoda?

— Não, não. De forma alguma.

— Vou só avisá-la sobre a mudança de planos.

— Eu não quero atrapalhar. A gente pode deixar para outro dia.

— Não se preocupe. A Inês é muito compreensiva.

Ele abriu um sorriso e tenho certeza de que não fazia ideia do quanto me deixara nervosa. Eu estava prestes a ter um primeiro encontro. Sobre o que deveria falar? Como deveria me portar? Será que tinha tempo para ligar para Maria e pegar algumas dicas? E então ele já estava de volta. Quando olhei para o corredor, não havia mais ninguém, só nós dois, o que me causou uma leve contorção no estômago.

— Podemos ir?

— Claro. Vou só pegar minha bolsa e apagar essa luz.

* * *

Optamos por conhecer uma creperia nova que funcionava há menos de um mês. Como os dois estavam de carro, decidimos nos encontrar lá. Durante o percurso, tentei dar uma melhorada na aparência. Nada que um batom, um pó e um rímel não pudessem resolver.

Há poucas mesas ocupadas no local. Ao fundo, toca alguma música francesa, que não conheço, mas deixa o jantar mais agradável. A conversa flui como se há muito nos conhecêssemos e não há mais preocupação com o que falar. Formado em engenharia da computação, Murilo parece ser um gênio da tecnologia e, apesar da idade, já ocupa o cargo de diretor da empresa. Descubro que ele não só aprecia o meu blog como está cheio de ideias. Fico extasiada com as sugestões do que parece ser um fã. Como eu, é um entusiasta de sobremesas. É claro que não poderíamos deixar de pedir um crepe doce, Montpellier, nada muito fora do convencional, que vem com morango e creme de chocolate, coulis de frutas vermelhas e castanha granulada por cima.

Quando menciono meu mais novo projeto, minha própria confeitaria, ele reage como um forte incentivador. Porém, assim que as palavras saem da minha boca, eu me arrependo. Lembro que ninguém na editora está sabendo e imploro que não diga nada a Inês. Quando conto onde será, ele deixa claro que adoraria conhecer, o que me surpreende um pouco. Isso significa que ele tem interesse num segundo encontro.

Assim que surge o assunto dos relacionamentos antigos, fico um pouco desconfortável. Ele conta sobre as duas namoradas sérias que teve. Uma resolveu morar fora do país assim que se formou e a outra se mostrou do tipo ciumenta-possessiva, o que acabou desgastando o relacionamento. Na minha vez, procuro ser o mais sucinta possível. Tive apenas um relacionamento longo, fui casada e estou divorciada há pouco mais de um ano. Não pretendo entrar em detalhes. A irmã dele não trabalhava na editora na época em que passei pelo tratamento para engravidar. Até onde sei, ela desconhece o motivo da minha separação. Por enquanto, decido manter assim. Ao terminar o encontro, nos despedimos com dois beijos no rosto, o que para mim é um alívio.

13

Para uma terça-feira de janeiro, o dia não fazia sentido. O céu azul de verão do Nordeste não trazia o calor insuportável de todos os anos. Talvez meus sentidos estivessem atenuados ou eu estivesse blindada para qualquer sensação além da expectativa. Conforme o carro percorria a avenida Boa Viagem, eu observava a areia da praia cheia de barracas vazias àquela hora da manhã, à espera dos banhistas que, dali a algumas horas, lotariam toda a faixa enquanto o mar recuaria ao longo do dia. Nem a segunda metade do percurso, já no trânsito no centro da cidade, tirou a beleza dos meus olhos. Aquele era o dia em que começávamos uma nova etapa e, a meu ver, nos aproximávamos daquilo com que mais sonhávamos nos últimos tempos.

A clínica ficava numa rua pouco movimentada da Zona Norte, onde algumas mangueiras ocupavam as calçadas, sombreando os carros estacionados ao longo do meio-fio. Todas as outras casas, de mero aspecto residencial, sinalizavam o porquê daquela localização. Não que fosse motivo de vergonha procurar uma clínica de reprodução, no entanto, a discrição não deixava de ser bem-vinda. Assim que entramos, me dirigi ao balcão e informei nossos nomes a uma das secretárias. Logo em seguida, ela me deu um formulário, pediu que eu preenchesse com nossos dados e respondesse às perguntas na segunda página. Nessa parte, encontrei perguntas do tipo: É sua primeira vez em uma clínica de reprodução humana? Você já fez algum tratamento para engravidar antes? Qual? Já engravidou alguma vez? Já sofreu aborto? Quantas vezes? Todos aqueles questionamentos me fizeram pensar na imensidão de casos e pacientes que chegavam ali todos os dias. Minha dor era pela frustração do resultado negativo. Mas e aqueles que engravidavam e logo depois tinham seu sonho roubado? Cada casal naquele consultório tinha sua história de frustrações e perdas. Ainda assim, nosso objetivo era um só.

Quando comecei a observar o lugar e as pessoas, percebi que, dentre os quatro casais ali, parecíamos ser os mais jovens. Diante de uma sala de espera quase cheia, entendi que o nosso problema também era o de muitos. Ao contrário do que eu vinha sentindo, como se fosse a única pessoa no universo a desejar um filho sem conseguir, outros também passavam por essa incerteza. E, como meio de evitar a troca de olhares, comecei a reparar em cada detalhe do ambiente. Paredes e cadeiras brancas, colorindo-se apenas pela pintura nos quadros pendurados e pelos pequenos vasos de plantas em cima das mesinhas de canto. Um corredor comprido, cheio de portas de ambos os lados, consultórios e salas de exames, imagino, onde no futuro estaríamos tomando as decisões que mais impactariam nossa vida. A tv exibia o programa matinal de culinária e, naquele dia em especial, passava uma competição de diferentes receitas do bolo de fubá, o que prendeu minha atenção até quase a hora da consulta.

Uma hora depois, meu olhar se dispersava da tv e a ansiedade começava a crescer. Eu sentia um pouco de medo pelo que nos aguardava. Talvez o Samuel tenha percebido, porque logo em seguida ele segurou minhas mãos e as entrelaçou nas dele, aquecendo-as de todo o frio que as deixava brancas. Ele não precisou dizer nenhuma palavra, bastava seu olhar e eu sabia que tudo ia ficar bem. Retribuí com um sorriso e encostei o rosto no seu ombro. Nunca chegamos a usar termos como estéril ou infértil, mas sabíamos que ali entre os dois havia o receio de alguém ser responsabilizado pelo fracasso que vínhamos vivenciando nos últimos anos.

Por alguma razão, o dia da consulta com a dra. Marcela me veio à mente, toda a empolgação que senti, daquelas que antecediam uma boa notícia. A dúvida não era se, mas quando aconteceria. Dois anos depois, a ansiedade mudara. Havia um medo, uma incerteza, e tudo o que ainda nos restava era a espera.

Fomos chamados pela dra. Martha, ela nos acompanharia por todo o processo de tratamento. A consulta durou quase duas horas entre dúvidas, possibilidades e decisões. Num primeiro momento, explicamos nosso caso de maneira simples: estávamos tentando engravidar havia dois anos e até então nenhum resultado positivo. Ela não deixou de observar que éramos jovens e por isso nossas chances eram maiores do que as de grande parte dos que costumavam procurá-la. De toda forma, para que pudéssemos seguir adiante, precisávamos descobrir se havia algum tipo de problema com o meu corpo ou com o do meu marido. Para isso, realizaríamos alguns exames. Ela nos explicou sobre os três métodos mais usados na clínica: indução da ovulação, inseminação artificial e fertilização in vitro. A princípio, nos aconselhou começar pela indução, por ser o menos invasivo. Saímos de lá um pouco mais animados, decididos a tentar esse método pelos próximos seis meses, caso os exames não apontassem nada fora do normal.

Durante as semanas que se seguiram, realizamos todos os exames solicitados pela dra. Martha e aguardamos os resultados. Nos momentos a sós, conversávamos sobre outras coisas, tomando o cuidado de evitar o assunto da próxima consulta. Até que eu percebi uma mudança no comportamento do Samuel. Ele não estava mais preocupado. Se nos dias anteriores ele vinha dormindo mal, acordando várias vezes à noite e falando muito pouco em casa, desde ontem sua atitude mudou. Voltou a conversar durante o jantar, estava mais carinhoso que o habitual e o sono dele não poderia estar mais profundo. Entendi que, se houvesse algum problema, não estava nele. No meu caso, havia ainda o fator do desconforto, já que todos os exames a que me submeti eram invasivos. Verificaram o funcionamento das minhas trompas, do meu útero, dos meus ovários.

No dia do retorno à clínica, fomos atendidos em pouco tempo. Devido à compreensão da Silvia quanto às minhas ausências e meus atrasos, pedi à secretária que nos agendasse no primeiro horário, como forma de demonstrar minha preocupação com o trabalho. Pouco antes das sete, estávamos mais uma vez na sala de espera, e alguns minutos depois a dra. Martha atravessou a recepção, entrando no consultório.

Já sentados defronte à sua mesa, estávamos prontos para saber o que os resultados diziam:

— Bom, não sei se é o que esperavam, mas pelo que aqui consta, não há nenhum problema de fertilidade com o casal. Estão totalmente aptos para terem filhos.

Enquanto o Samuel demonstrava uma expressão de alívio, eu me senti um pouco perdida com aquela informação. Se não havia nada de errado com nenhum dos dois, não fazia sentido os dois anos de tentativas sem sucesso. O que isso queria dizer? Se o resultado apontasse qual era o problema, poderíamos simplesmente agir em cima dele e seguir em frente.

— Ana? — chamou a médica. — Se a notícia não fosse boa, eu diria que a deixou decepcionada.

— Desculpa, doutora. Claro que fiquei feliz em saber que não há nada de errado com nenhum de nós. Mas por que então não conseguimos engravidar esse tempo todo?

— Não há como ter certeza, infelizmente. Mas posso fazer uma sugestão?

— Por favor.

— Você já conversou com algum terapeuta?

— Já pensei nisso.

— Bom, sugiro que procure esse tipo de ajuda também. É muito comum que pacientes que enfrentam essa dificuldade passem a viver para isso. Só pensam em período fértil, ovulação, início do ciclo e em todos esses termos com os quais vocês devem estar mais do que familiarizados. Há uma enorme pressão sobre os dois e quem está pressionando são vocês mesmos. — Ela respirou fundo, olhando de um para o outro. — Precisam relaxar, sair do automático. Do contrário, correm o risco de prejudicar o próprio casamento.

— Parece que a senhora acabou de descrever nosso último ano.

— Reconhecer isso já é um grande passo.

— Então quer dizer que a única recomendação é que eu procure um psicólogo?

— É um começo. Mas, como havíamos combinado, vamos tentar a indução. Acredito que nos próximos meses tudo estará resolvido.

— E caso não esteja?

— Bom, Ana, aí nós teremos uma outra conversa sobre as duas opções mais usadas nesses casos, a inseminação e a FIV.

Eu explicarei todas as etapas envolvidas, a taxa de sucesso de cada uma e vocês decidirão por qual caminho querem tentar.

— Tentar, claro. Essa é a palavra da vez. Ou melhor, dos últimos anos.

Talvez a primeira consulta tenha gerado em mim uma expectativa muito grande por uma resposta que desse nome a um problema, para então definirmos o reparo. Ao descobrir que não havia nada de errado com o meu corpo ou com o do Samuel, uma espécie de ansiedade instalou-se em mim, diferente da que já experienciava. Não era normal que um casal apto para ter filhos necessitasse de alguns anos até alcançar um beta positivo. Essa conclusão me fez sentir o peso da culpa. Até algumas horas atrás, eu me sentia preparada para um diagnóstico como endometriose ou algo de errado com minha ovulação. O fato de saber que estava tudo bem conosco jogou toda a responsabilidade na minha neurose.

14

Minha nova casa não é nada parecida com a anterior. O apartamento é menor, bem menor. Trago apenas as roupas e os livros, nada de sofá ou fogão ou vasos de flores. Tudo isso fica para trás, embora sinta falta da varanda. A ideia de deixar tudo foi do comprador e eu aceitei sem hesitar, não seria um recomeço se não fosse do zero. Escolhi um prédio mais antigo, dos anos 1980, de cinco andares e fachada de azulejo azul-bebê. O que mais me atraiu nele foi o elevador, daqueles com janelinha no meio da porta de madeira. Sem parquinho, quadra, piscina nem quaisquer dessas exigências que casais recém-casados fazem ao procurar um lugar para morar. Ou seja, é ideal para a Ana de hoje. Preciso me desligar da ideia fixa que me moveu por tantos anos e preciso de um tempo só para mim. Pareço ser a menina jovem do pedaço, morando entre cinquentões e sexagenários. Pelo que vejo, há um adolescente no primeiro andar, filho de pais divorciados, mas não há crianças aqui.

O apartamento está todo reformado, com paredes brancas recém-pintadas, piso laminado em todos os cômodos, exceto no banheiro e na cozinha. Nesses dois ambientes, usaram um porcelanato que imita madeira, o que me agrada bastante. Nascente, a luz inunda a sala logo cedo. Não deixo de ter um balcão espaçoso, onde posso expor minha batedeira de cor laranja-cenoura, que me dei de presente no último aniversário. A decoração rústica não foi planejada: a mesa de nogueira, o sofá de linho cinza cheio de almofadas, a lanterna em bambu pendurada em um dos cantos da sala, tudo isso é um conjunto de elementos escolhidos de forma aleatória, que, no fim, me faz me sentir em casa. Uso o segundo quarto como escritório para trabalhar no Malagheta. Deixo uma pequena mesa com o notebook sob a janela para a vista da árvore da frente do prédio — que vai até o terceiro andar —, e, em ambos os lados, coloco duas estantes onde distribuo uma parte dos meus livros. Não há espaço para todos, por isso muitos ainda permanecem nas caixas. Adoro o fato de morar numa rua cheia de casas de decoração, a cada vitrine enxergo uma história diferente.

Termino de esvaziar a última caixa de roupas e vou direto para o banho. Papai e Maria me aguardam na casa dele, conforme combinado. Todo sábado estaremos juntos em pelo menos uma das refeições. No último fim de semana, foi no café da manhã; hoje ele se propôs a fazer uma torta de frango para o almoço. Como não tive tempo de preparar nenhuma sobremesa, planejo passar numa padaria no caminho e comprar um pote de sorvete de goiabada com minibolos de baunilha.

Quando chego, a comida já está pronta. Minha barriga ronca pedindo qualquer tipo de alimento. Um suco de limão foi minha primeira e única refeição do dia. Além de desempacotar todos os meus pertences, fiz uma faxina completa no apartamento. Enquanto devoramos a torta, troco algumas ideias sobre a reforma da loja com meu pai; dessa vez, quem se responsabiliza pela obra é ele. Por ser do ramo de construção, conhece todo tipo de mão de obra necessária. Maria prefere só escutar enquanto falamos sobre revestimentos, rebaixamento de teto e iluminação direta ou indireta. E, assim que termina de comer, ela nos deixa a sós e segue para a rede na varanda.

Retiro os pratos da mesa e ajudo a lavar a louça. Em um prato de sobremesa, arrumo o bolinho de baunilha com sorvete e levo para Maria. Ocupo uma cadeira ao seu lado, e papai segue para o sofá em busca de qualquer canal em que possa assistir a um jogo de futebol.

— Quer?

— Obrigada. E você? Não vai comer?

— Daqui a pouco.

— Então, quando posso ir conhecer a casa nova?

— Quando você quiser. É só avisar antes para eu estar lá.

— Isso é fácil. Qualquer dia da semana a partir das sete da noite.

— Sou tão previsível assim?

— Um pouco.

— De qualquer forma, melhor avisar. Em alguns dias tenho chegado mais tarde.

— Por causa do trabalho?

— Também.

— E por que outra razão? Pela obra não é.

— Ora, Maria.

— O que foi? Eu te conheço, Ana. Você morou comigo praticamente no último ano inteiro, e todos os dias foram assim.

— As pessoas mudam.

— Ou conhecem outras pessoas e não contam para a irmã.

— Como você sabe?

— É isso? Eu não acredito!

— Eu estava querendo contar já há algum tempo, mas não sabia como.

— Não sabia como? "Maria, estou saindo com uma pessoa." Simples assim.

— Desculpa, Ma. Na verdade, tenho outra confissão a fazer.

Ela não responde. Em vez disso, me olha séria aguardando que eu continue.

— Eu tomei essa decisão, de sair com outra pessoa, depois que voltei de uma das reuniões das mulheres divorciadas.

— Você foi? Por que não me contou?

— Sei lá. Talvez por vergonha, por não querer dar o braço a torcer e admitir que poderia ser bom pra mim.

— E aí? O que achou?

— Na primeira vez, só escutei. Na segunda, contei um pouco da minha história e me senti bem. Mas foi o que uma delas me disse no fim da reunião que me fez dar o próximo passo.

— Que seria conhecer outra pessoa?

— Que seria me mover, sair daquele lugar onde me coloquei depois do divórcio. Não queria que me vissem mais assim.

— E o que ela disse?

— Não importa. O que importa é que depois daquilo eu tive coragem de aceitar um convite para sair e não me arrependo.

— Você não voltou mais? Às reuniões?

— Não. Eu cheguei a pensar em voltar, mas aí conheci o Murilo.

— E daí?

— E daí que seria como arrumar um namorado novo e ir à terapia pra falar do ex. Não faz sentido.

Ela não responde por um tempo, enquanto eu mesma analiso minhas últimas palavras.

— Por sinal, eu também conheci uma pessoa. Mas no meu caso tem menos de duas semanas que estamos juntos.

— Isso sim é novidade. E quando vou conhecê-lo?

— Não sei. Ainda é muito recente.

— Pois na próxima semana vou fazer um jantar e quero os dois rapazes aqui. E não me venham com desculpas.

Maria e eu nos viramos ao mesmo tempo. Não sei a partir de que parte, mas pelo visto, papai escutou por algum tempo nossa conversa. Fico imaginando se ouviu sobre as reuniões e decido não me preocupar com isso. Ele jamais me questionaria e eu pretendo fazer o mesmo. Passamos a meia hora seguinte fazendo um resumo do perfil de cada um deles. Maria ficou um pouco chateada quando soube que eu já estava saindo com o Murilo há pelo menos um mês. Achou graça quando contei a idade dele, por ser um ano mais novo. Já o Fábio completou quarenta há pouco tempo. Era o dono da academia em cima do espaço de yoga, inaugurada no último mês. Já se conheciam há quase três meses, desde que ele alugou a sala, e estavam saindo como casal há poucos dias.

Depois disso, papai resolveu tirar um cochilo e nos deixou mais à vontade para compartilhar informações de como nos conhecemos, quem tomou a iniciativa de chamar pra sair etc. Enquanto eu narro a noite em que conversamos pela primeira vez, Murilo liga me convidando para um sorvete. O dia está quente, sem nuvens no céu e eu não tenho como negar. Peço à minha irmã que dê um beijo no nosso velho e vou ao encontro dele.

Em vinte minutos já estou sentada na sorveteria, aguardando o meu duplo de chocolate amargo com cajá. Ele caminha na minha direção com as duas casquinhas, um pouco desajeitado. De certa maneira, muito atraente. Passa os primeiros cinco minutos me observando.

— Você pode olhar para o outro lado? Eu morro de vergonha de tomar sorvete na frente de outras pessoas. Quando estão me encarando, então...

— Sério? — Ele ri. — Desculpa, mas tem alguma coisa

diferente em você hoje. Não sei se é o cabelo preso ou o fato de vê-la pela primeira vez de vestido.

— Talvez seja os dois. Ou tenho ainda outra hipótese.

— Qual?

— Há muito tempo eu não me sentia tão feliz.

— É mesmo? E eu tenho algo a ver com isso? Ou estou sendo muito convencido?

— Se você está certo, não pode estar sendo convencido.

— A gente fica se olhando e sorrindo um para o outro.

Não me lembro da última vez em que me senti assim, há anos talvez. Não é só felicidade, é uma espécie de leveza. Ele me puxa e me dá um beijo daqueles que, se não fosse tão inesperado, eu evitaria por vergonha dos olhares ao redor. Tínhamos combinado há alguns dias de ir assistir ao novo filme do James Cameron no sábado, *Avatar*. Entre todos em exibição, é o que tem as melhores críticas. No entanto, ao terminar de tomar o sorvete, por um impulso, eu o convido a conhecer o meu apartamento. E, em vez do cinema, acabamos tendo nossa primeira noite juntos. Tudo acontece de forma natural, sem planos nem expectativas. Saí da casa do meu pai pensando apenas em tomar um sorvete, e, algumas horas depois, estou no tapete da minha sala, nos braços do meu namorado, admirando o que parecia ser uma lua feita sob medida para a ocasião. Não fosse pelas perguntas no dia seguinte no café da manhã, eu não mudaria nada nesse encontro.

— Ana? — ele me chama enquanto estou de pé no balcão da cozinha, de costas para ele, fazendo panqueca de banana e usando apenas um roupão de seda.

— Pode falar, estou ouvindo. Apenas concentrada no momento certo de virar a massa.

— Você ainda pensa no Samuel?

Claro que não estou esperando uma pergunta do tipo,

que tira todo o meu foco. Em vez de segurar no cabo da frigideira, acabo encostando na borda. O reflexo da quentura me faz puxar a mão na hora e precisar colocá-la embaixo da torneira.

— Droga, desculpa. Não devia ter falado sobre ele.

— Não foi culpa sua, eu que me distraí. Vou deixar a mão aqui um pouco e depois passo uma pomada. Não foi nada demais.

— Tem certeza? Quer que eu vá pegar a pomada?

— Não precisa. Está tudo bem.

— Estou me sentindo péssimo.

— Murilo, você me ouviu? Está tudo bem. Vamos sentar para comer. Já está tudo pronto.

Durante cada segundo em que coloco as frutas, os pães, os queijos e o café na mesa, penso na resposta para a pergunta dele.

— Respondendo à sua pergunta...

— Você não precisa responder.

— Mas eu quero.

Ele levanta as duas mãos como quem aceita que não adianta discutir.

— Não, eu não penso. Pensei por muito tempo depois do divórcio. Não foi fácil aceitar que não deu certo, mas hoje ele faz parte do passado.

— Entendo.

— E eu só quero viver o agora, com você. Ok?

— Obrigado. Sei que não deve ser fácil falar sobre ele.

— Agora a gente pode mudar de assunto?

Ele tem várias perguntas sobre a obra na confeitaria. Conto todos os detalhes do projeto e mostro as fotos em 3D enviadas pela arquiteta. É uma fase nova da minha vida. Em breve, dirigir logo cedo para a editora não fará mais parte da minha rotina, como fez nos últimos nove anos. Acabo de me mudar para um apartamento completamente diferente do meu antigo e estou namorando um cara mais novo do que eu. Nada disso fazia parte dos meus planos de quando tinha quinze anos. Claro que, naquela época, eu sabia muito pouco sobre a vida. Acreditava que casamentos duravam para sempre e que eu teria controle sobre tudo o que quisesse.

Assim que estou sozinha no apartamento, eu me deito no sofá e fico lá, olhando para o teto por um bom tempo, pensando naquela pergunta e no quanto eu fui sincera. De fato, não penso mais no Samuel. O que teria sido mais difícil de responder seria o porquê. Não sei se por indiferença ou apenas por ser mais fácil dessa forma.

15

Quando concordamos em tentar ter um filho, nada do que veio a seguir fazia parte dos nossos planos. Os meses se transformaram em anos e chegamos a um lugar do casamento tão desconhecido quanto uma viagem em meio a um nevoeiro. Achava que em algum momento aquilo iria passar, mas o que estava à frente permanecia imprevisível. Ansiávamos por um dia de céu limpo, ainda assim tudo permanecia embaçado. E, então chovia, como não chovia desde mil novecentos e alguma coisa. Esse era o nosso elemento surpresa. O negativo continuava a nos surpreender.

A Ana mudou. A ideia foi dela, mas apenas por causa do meu entusiasmo no dia do alarme falso. E foi de verdade. Fiquei empolgado com a possibilidade de ser pai. Devido às circunstâncias — casados e com empregos estáveis — a ideia pareceu mais do que boa. Naquela noite, quem ficou abalado fui eu. E talvez tenha sido no calor do momento, apenas para me animar, mas a questão é que a partir dali tomamos uma decisão. E então as vontades se inverteram. Ela passou a querer isso mais do que tudo enquanto eu continuei levando a vida como antes. Minhas preocupações se mantiveram na empresa, nos custos e rendimentos dos projetos. Por mais que fosse da minha vontade, eu não esperava que acontecesse no próximo mês.

O problema é que o próximo mês nunca chegou. Dois anos se passaram desde aquela noite e nosso casamento deu início a uma nova fase. Instabilidade era a palavra da vez. Minha esposa não sabia mais ser minha amiga, não compartilhava nada, ou compartilhava até transbordar. Iniciamos o processo de indução em fevereiro passado e, como primeira tentativa, não deu certo. Ela não se mostrou arrasada como eu esperava que ficaria. De toda forma, minha atenção continuava voltada mais para a Ana do que para o resultado. Temia que a qualquer momento algo dentro dela pudesse se quebrar, e eu não sabia se seria capaz de recolher os pedaços.

Da fase de expectativa e medo de como nossa vida poderia mudar, passamos para dias de uma constante espera em silêncio porque as palavras se esgotaram. Logo no início, ela falava do quanto gostaria de ter a mãe por perto, não só pelo aprendizado, mas pelo apoio e colo daquela que sempre cuidou das suas feridas quando criança. O colo de que precisaria pela insegurança de ser mãe passou a ser desejado pela insegurança de não ser. Nas suas pesquisas, encontrava termos como puerpério e baby blues. Adorava vir me contar tudo o que nos aguardava logo ali na frente, sem saber que num certo momento do caminho a gente ia deixar de caminhar e permanecer assim, parados. Brincava sobre o quanto eu precisaria ser paciente e aceitar suas mudanças repentinas de humor, além dos choros por razão nenhuma. Descobri com o passar do tempo que esses sintomas não eram exclusivos do pós-parto; havia dias em que ela acordava disposta a lutar uma guerra, e, em poucas horas, o fato de descobrir a lata do café vazia a tornava a maior de todas as vítimas. Paciência passou a ser uma de minhas virtudes, a mais importante de todas, que, por mais de uma vez, salvou meu casamento.

* * *

Acabava de sair do elevador, ainda no hall social do prédio, rumo ao estacionamento, quando Hugo me alcançou. Perguntou se eu já tinha planos para o almoço e, como eu só pensava em comer um sanduíche rápido a caminho da primeira obra da tarde, ele sugeriu que fôssemos a um restaurante chinês inaugurado recentemente ali perto. Eu não vi nenhum problema no convite já que faltava pouco mais de uma hora para o horário combinado com o cliente.

Quando chegamos, o restaurante ainda estava vazio, sem o burburinho que viria meia hora depois. Sentamos numa das mesas na janela e pedimos a um dos garçons o cardápio e duas limonadas.

— Pelo que vi na sua agenda, vai passar a tarde toda entre obras. Volta hoje ainda para o escritório?

— Provavelmente não. A última fica lá em Olinda. Levando em conta o trânsito, chegaria muito tarde. E combinei com a Ana que hoje estaria cedo em casa.

— Por falar nela, como vocês estão?

Precisei parar por alguns segundos para pensar. Nem eu sabia como responder àquela pergunta.

— Como eu posso dizer? Nossa relação está diferente.

— E isso é ruim?

— Estou preocupado.

— Ela não está lidando muito bem com toda essa situação, não é?

— Essa é uma maneira de dizer.

— E qual seria a outra?

— Às vezes, eu acho que ela vai enlouquecer. O rendimento caiu no trabalho. A Silvia me ligou no outro dia para conversar sobre como ela tem estado aérea. Foi necessário deixar outra pessoa na revisão dos textos que ficaram sob a responsabilidade dela. Até o Malagheta, que antes era a vida dela, passou para terceiro plano. Em casa, ela está sempre no computador, lendo sobre pessoas que passaram pela dificuldade de engravidar. Nossas conversas se resumem basicamente a esse assunto. E o tempo passou a ser contado por ciclos, não por meses.

Enquanto Hugo me olhava surpreso com todas aquelas revelações, precisei parar um segundo e tomar um gole do suco para molhar a garganta.

— Eu não fazia ideia, Samuel. Sabia que não estava sendo fácil, mas não tinha noção de que tinha chegado a esse ponto.

— Enfim, agora começamos a indução e, durante a consulta, a doutora disse que temos tudo para ter sucesso, o que eu quase desejei que ela não falasse. Tenho certeza da expectativa que essas palavras criaram na cabeça da Ana.

— Mas se ela disse e é a especialista, isso é uma coisa boa. Não é?

— Só é se ela estiver certa. Do contrário, sei como vai ser devastador pra Ana.

— Eu confio na doutora. Vai dar certo, Samuca.

Preferi não responder, foi o meio-termo que encontrei entre o pessimista e o otimista. Nos últimos tempos, eu não apostava em nada, nem na derrota nem na vitória. Não acreditava que as coisas iriam piorar nem melhorar. Enquanto minha esposa se perdia entre esperanças, crenças e desejos, eu precisava ser seu algo de concreto. Permaneceria firme ao seu lado por todo o tempo necessário.

16

Meu último dia na Barcelona. Se me perguntassem há um ano sobre o meu futuro como editora, eu afirmaria que aquilo era certamente o que eu mais queria fazer. Não saio por desgosto ou desilusão, saio para viver um sonho que, até pouco tempo atrás, eu não ousava acreditar que seria capaz de realizar. Se não fosse por ele.

Vou sentir falta dos amigos, das leituras, dos rabiscos nos originais. Deixo a editora sem jamais deixar os livros, que estarão sempre me acompanhando, seja na minha casa ou na confeitaria. Farão parte do que chamo de combinação perfeita: bolo, café e um bom romance.

Já sei há algum tempo quem deverá me substituir. No mês em que tomei a decisão, promovi a Inês a editora assistente. E nos últimos seis meses, ensinei a ela tudo o que aprendi nos nove anos trabalhando na editora. Ouvi alguns rumores sobre a influência do meu relacionamento com o Murilo na decisão e tive uma conversa franca com ela. Não deixo de ter uma grande expectativa quanto aos seus resultados.

Recolho os objetos pessoais da minha mesa. Não há muito o que levar, exceto pelo notebook e alguns livros que deixava lá. Há também dois porta-retratos, um com a foto do dia da minha formatura, ao lado do meu pai e da Maria; e no outro, eu e ele, usando roupas de frio numa viagem poucos meses após nos casarmos, em visita a um casal de amigos paulistas. Durante a nossa estadia, eles nos ofereceram a casa de veraneio na região serrana, não me recordo agora o nome. Guardei a foto na última gaveta no dia em que assinamos os papéis do divórcio e, pelo que me lembro, não mexi ali desde então. Quando abro, lá está ele, virado para baixo. Fico olhando aquela imagem, nós dois sorrindo, e recordo que aquele foi o melhor dia da viagem. Naquela época, a gente costumava rir bastante juntos.

Ao sair, me despeço de cada colega com um sentimento de nostalgia por tudo o que vivi. À Silvia ofereço um abraço mais demorado, cheio de gratidão por tudo o que ela me ensinou e por toda a compreensão durante o meu tratamento para engravidar. Deixo em sua sala uma tigela de bombocado, seu doce preferido. Sair do prédio da editora sabendo que aquele tinha sido meu último expediente causa uma sensação de estranheza e receio por todo o desconhecido que vem se infiltrando na minha vida. Em pouco mais de um ano, abri mão de um casamento e de um emprego.

Após seis meses de reforma, acordo às cinco da manhã de um sábado, pronta para abrir as portas do meu próprio negócio, empolgada com todo o futuro que me aguarda. Eu não poderia estar mais animada e ao mesmo tempo mais aterrorizada. Por que temos tanto medo de tomar decisões que nos tiram da nossa zona de conforto? Talvez tenha algo a ver com as ordens já programadas no cérebro, com uma rotina de horários fixos que podemos seguir no piloto automático, tudo bem definido. Dá trabalho reorganizar dias e semanas de acordo com o elemento novo. No entanto, dessa vez eu decido dar novos comandos ao meu cérebro e me habituar a uma nova rotina.

Marco a inauguração para as quatro da tarde com o intuito de oferecer um chá. Não consigo pensar em um melhor horário para comer bolos e doces. Entre os mais requisitados pelo público do blog estão o bolo de maçã com nozes, os bolinhos de chuva com canela e o pastel de nata, todos no cardápio da doceria. Uso um vestido florido de fundo branco e o cabelo solto, ondulado apenas nas pontas. Penso em minha mãe e me lembro do quanto ela gostava de escovar meus cabelos. Será que ela aprovaria as minhas escolhas? Não houve tempo para conversas sobre roupa e penteados.

— Uau! Você está linda.

Murilo se aproxima enquanto eu passo o rímel de frente para o espelho do banheiro.

— Obrigada. Você também não está nada mal.

— Tenho que estar à altura da protagonista da festa, não é mesmo?

— Obrigada por estar aqui, de verdade.

— Onde mais eu estaria, Ana?

Recosto minha cabeça em seu peito e ficamos assim por um tempo, depois lhe dou um beijo e então retomo minha maquiagem. Ouvir aquelas palavras me causa um misto de alegria e ansiedade. De tantas coisas que não estavam nos planos, ele é mais uma delas. Não planejei, mas ali estava eu, feliz por tê-lo ao meu lado e agradecida por não ser cobrada por declarações que não poderia dar. De toda forma, hoje procuro concentrar meus pensamentos na inauguração.

Quando chegamos, fico feliz por meu pai e Maria serem as primeiras pessoas a virem nos cumprimentar. Estão logo na entrada. Depois de falar com os dois, Murilo pede licença e vai ao encontro da Inês, do outro lado do salão. O evento é para poucos convidados, uma média de quarenta pessoas entre família, amigos e colunistas da imprensa. Alguns leitores do Malagheta também estão presentes.

O lugar é um verdadeiro sonho. Em três ambientes diferentes, recrio os cômodos de uma casa. Num deles coloco sofás de três lugares, daqueles bons de se jogar, em torno de duas mesinhas de centro, e muitas almofadas para os que preferem ficar no chão. Noutro, mesas brancas e redondas com cadeiras vitorianas de estofados estampados em azul e vermelho. E no terceiro, ao redor de algumas poltronas e pufes, estantes recheadas de livros, que ficam à disposição dos amantes da leitura, algo que sempre sonhei encontrar numa cafeteria. A iluminação é indireta e amarela para trazer conforto aos olhos; e o piso é todo de madeira. A fachada passou de um bege opaco para um branco charmoso, com portas e janelas azuis, sob as quais instalei pequenas floreiras repletas de gerânios. Entre a rua e a casa, os clientes irão passar pelo jardim atravessando um caminho de cascalhos. No entanto, a área verde não termina aí. Nos fundos, deixo um espaço para o segundo jardim. Samambaias cobrem quase por inteiro as paredes; e no centro há uma jabuticabeira rodeada por um banco de madeira. Ofereço a árvore à minha mãe, que sempre sonhou em ter uma em nossa casa.

Enquanto todos provam os doces e avaliam se existe de fato algum talento ali, eu me afasto por alguns minutos. Atravesso a rua e, do outro lado, admiro o resultado de um sonho. Primeiro, agradeço à dona Sônia por ter sido a minha mentora e musa desde o início. Não há como não sentir sua ausência. Em parte, faço aquilo por ela. Tento imaginar todas as ideias que daria, desde o projeto até o cardápio; e então, de forma humilde, agradeço a ele, que incentivou e visualizou tudo isso que está diante dos meus olhos. As mesmas cores foram usadas em uma pequena confeitaria no interior da França, Confiserie Angelina. Nunca vou me esquecer daquele lugar. No instante em que bateu os olhos, ele teve certeza.

É assim que vai ser sua loja de doces, Ana. Uma casinha branca de janelas azuis e telhas vermelhas. Não acha perfeito? Enquanto ele falava, eu me imaginava lá dentro, de avental e farinha até os cabelos.

De repente, sinto um pingo no ombro. Olho para cima e percebo uma enorme nuvem cor de chumbo. Corro, em vão, ela é mais rápida. Entro na loja com os cabelos molhados e a maquiagem comprometida, mas não me importo. Nada mais perfeito que um dia de chuva para a minha inauguração.

— Ana! — exclama Maria. — Onde você estava?

— Eu quis dar uma olhada no lado de fora para ver como tinha ficado.

— E você já não fez isso milhares de vezes?

— Não com a casa funcionando, cheia de pessoas experimentando minhas receitas.

— E aí? O que achou?

— Simplesmente incrível, do jeito que imaginei.

— Mamãe ficaria tão orgulhosa. Você sabe disso, não sabe?

— Acho que sim. Você viu o Murilo?

— Ele estava com o Fábio. Estavam conversando sobre os sistemas da academia. Parece que o Murilo vai ajudar a modernizar tudo por lá.

— Nesse caso, acho melhor deixá-los a sós, não tenho muito com o que contribuir.

Nos dias que seguem, eu sinto a estranheza de estar habituada àquela vida. Tudo parece familiar. Todos os dias acordo às seis, faço meu café e vou para o banho. Devido à produção diária, chego na loja por volta das sete, ainda que só abra as portas às nove. Preciso de tempo para preparar tudo e colocar nos fornos. Desde a hora em que estaciono o carro até o momento de fechar as portas, eu sinto o entusiasmo percorrendo meu corpo.

Leio pelo menos quatro matérias nos jornais e blogs sociais da cidade falando sobre o novo espaço de bolos e doces da "antiga editora de livros e atual confeiteira". Em uma delas, a foto da loja me surpreende, como se fosse a primeira vez que eu vejo como o lugar ficou. Por um segundo, um pensamento passa pela minha mente. Será que ele a leu?

Em todos os turnos, temos clientes. Desde aqueles que vão para um café da manhã tardio até os que ficam para o jantar. Não é o meu forte, mas também ofereço tortas e quiches salgados. Não consigo acreditar no sucesso do meu próprio negócio. Aparentemente, o blog é mais famoso do que eu imaginava. Ouço comentários sobre as receitas publicadas ou sobre as críticas de lugares conhecidos, por isso não deixo de dar atenção ao Malagheta. Inclusive, ao contrário do que a maioria espera, não deixo de publicar resenhas sobre outros restaurantes e cafeterias. A única coisa que muda é o local de onde passo a escrever. Em vez do escritório em casa, agora trabalho nos artigos na minha sala dentro da loja. Algumas vezes, quando o movimento diminui, uso uma das mesas do salão ou do jardim. É um momento único no dia para mim, o de escrever no meu blog de dentro da minha própria confeitaria.

17

Estávamos indo para a sexta tentativa por indução. Nessa nova fase, prometi ao Samuel que faria algumas mudanças, então dei início a um acompanhamento com uma psicóloga, o que vinha me ajudando a lidar melhor com o relacionamento e com a expectativa dos resultados. Ao menos assim eu não despejava todas as minhas frustrações em cima dele. Passei a enxergá-lo como a outra parte do conjunto que vivia as mesmas incertezas, o que, por mais óbvio que fosse, eu havia ignorado no último ano. O fim de cada ciclo, quando recebíamos a notícia que tanto receávamos, demandava um esforço maior da minha parte do que nos dias normais. Era de fato um processo cíclico, dividido em quatro partes: os primeiros quinze dias, o período fértil, quando eu induzia a ovulação por meio de medicamentos e a espera até o resultado. É claro que o ciclo só existia porque a última fase, a do resultado, se repetia todas as vezes.

Comecei a frequentar as aulas da minha irmã. Sempre ouvi falar dos efeitos benéficos do yoga ao corpo e à mente; não custava dar uma chance a opções alternativas. Foi uma forma que encontrei para relaxar e tentar tirar a neurose de mim. Aquele nosso momento de aluna e instrutora me fazia bem. Vez ou outra esquecia o celular ligado, e, quando corria para atender, sentia os olhares me acompanhando, principalmente o da Maria.

Naquela madrugada choveu muito, as ruas amanheceram alagadas e eu me atrasei para a aula. Assim que cheguei, em vez de encontrar minhas colegas de turma nos seus devidos colchonetes, as vi conversando num canto da sala.

Quando perguntei pela Maria, me informaram que ela havia pedido licença para ir ao banheiro havia alguns minutos e ainda não tinha retornado. Resolvi ir até lá e, assim que entrei, ouvi minha irmã gemendo baixinho.

— Maria? Está tudo bem?

— Sim, eu só estou com uma cólica muito forte. Minha menstruação resolveu chegar logo agora. Você pode pegar outra roupa no armário?

— Claro. Onde fica?

— Nessa parede aí do lado. Número doze. Está aberto. Ai!

O gemido tinha sido mais alto.

— Maria? Me deixa entrar.

Quando ela abriu a porta do sanitário, percebi pela quantidade de sangue que alguma coisa estava errada.

— Ma, a gente vai agora para o hospital.

— Mas e a aula?

— Esquece a aula. Só vou pegar sua bolsa e uma toalha e estamos saindo.

Assim que chegamos na emergência, uma enfermeira veio ao nosso encontro. Ela percebeu a toalha suja de sangue e nos encaminhou para uma sala de exames. Minha irmã se deitou enquanto aguardava a chegada do médico e percebi pela sua expressão que a dor devia estar aumentando. Quando toquei sua testa, senti a quentura. Em poucos minutos, a médica, uma senhora de uns cinquenta anos, entrou e pediu que eu aguardasse do lado de fora.

Enquanto esperava, liguei para o Samuel para contar onde estávamos e ele se comprometeu a vir assim que finalizasse a reunião com o cliente. Em seguida, liguei para a editora e pedi para falar com a Silvia. Ela deixou claro que, se fosse necessário, eu poderia tirar o dia de folga e compensar depois. Lembrei então do meu pai. Sabia que ele ficaria muito preocupado e decidi ligar apenas quando soubesse o que estava acontecendo. Pela quantidade de sangue que vi minha irmã perdendo, tinha certeza de que não era apenas menstruação.

Ainda aguardava sozinha na sala de espera quando a médica apareceu e pediu que eu a acompanhasse até o consultório. Primeiro, ela me tranquilizou sobre o estado da minha irmã. Maria precisou passar por um procedimento, mas estava bem, em questão de minutos deveria estar acordando da anestesia e então eu poderia vê-la. Quando perguntei sobre o tal do procedimento e o porquê da anestesia, a médica me explicou que ela havia sofrido um aborto espontâneo e por isso fora submetida a uma curetagem. Ao ouvir a palavra aborto, senti minha cabeça girar. Nada daquilo fazia sentido. Só consegui fazer a pergunta mais estúpida naquele momento:

— Mas, para ela sofrer um aborto, ela não precisaria estar grávida?

A médica me olhou como se questionasse meu nível de inteligência. Eles realizaram um exame de ultrassom antes de qualquer coisa, segundo ela, que indicou uma gravidez de cerca de seis semanas. Se não estivesse sentada, eu teria caído. Por mais que ela explicasse, eu ainda acreditava que deveria ter ocorrido algum engano. Se minha irmã estivesse grávida, eu saberia, não saberia?

De quem era o filho? Que tipo de piada cruel era essa? Minha irmã estava grávida. Minha irmã perdeu o bebê. Tudo o que importava agora era ela.

— Ana?

— Sim.

— Acabaram de me informar que sua irmã acordou. Vamos lá?

Maria estava pálida e, ao me ver entrar, sorriu. Parecia menor deitada naquela cama. Fui para o lado dela e dei um beijo em sua testa. Enquanto a médica passava a explicar o que aconteceu, busquei sua mão e a segurei firme, percebendo pela sua expressão que ela também não sabia da gravidez. Quando questionada sobre o atraso na menstruação, explicou não ter desconfiado, uma vez que tinha um ciclo muito irregular. Já tivera atrasos longos antes. A doutora terminou de passar as orientações, prescreveu alguns remédios no caso de ela sentir dor e informou que mais tarde uma psicóloga passaria no quarto.

Assim que ficamos a sós, permanecemos caladas por alguns minutos. O que dizer a uma pessoa que acabou de perder um bebê? Então eu lembrei de alguém que merecia uma notícia.

— Ma, sei que deve ter mil coisas passando na sua cabeça agora, mas preciso perguntar. O que vai dizer ao papai? Vai contar a verdade?

— Eu não quero que ele saiba.

— Você está internada em um hospital. Eu só não liguei ainda porque queria saber o que estava acontecendo antes de deixá-lo preocupado.

— Você pode ligar, só não conta da gravidez nem do aborto.

Parecia difícil para ela pronunciar as duas palavras, como se ainda não estivesse convencida de que aquilo estava de fato acontecendo.

— Certo. Eu vou pensar em algo. Não se preocupe.

Ela se virou para o outro lado e fechou os olhos. Percebi quando uma lágrima desceu pelo seu rosto. Tentei confortá-la, mas em vão.

— Pode me deixar sozinha?

— Posso. Vou ficar ali fora. Se precisar de alguma coisa, é só me chamar.

Ela não respondeu.

Eu estava sentada num pequeno sofá de couro próximo à porta do quarto de Maria, quando ouvi a voz do Samuel no fim do corredor, pedindo informações a uma das enfermeiras. Antes que ela respondesse, ele se virou e me viu. Contei sobre o aborto e o procedimento, e ele ficou sem reação. Perguntou como ela estava e se sabia da gravidez, então expliquei que ela estava tão surpresa quanto nós dois e parecia ter ficado bem abalada com tudo.

Ao meu pai eu disse que Maria teve uma crise de apendicite e, ao chegar no hospital, precisou passar por uma cirurgia.

Assim que desliguei a ligação, sabia que a qualquer momento ele apareceria por ali.

Maria saiu do hospital no dia seguinte. Não poderia deixá-la sozinha em sua casa, por isso a convidei para ficar na nossa. Papai insistiu que ela ficasse com ele, especialmente por ter um quarto de hóspedes todo montado, mas ela acabou optando por ficar conosco, receosa de que ele descobrisse a verdade de alguma forma, talvez pela ausência do curativo na barriga. Combinamos que ela passaria a semana, e durante esses dias o Samuel gentilmente cederia seu lugar na cama e dormiria no sofá da sala.

Silvia foi mais do que compreensiva comigo. Por isso, depois de dois dias afastada do escritório, resolvi chegar mais cedo e prolongar o expediente para compensar o trabalho atrasado. Passava das sete quando abri a porta da cozinha, Maria estava adormecida numa das poltronas da sala e Samuel não havia chegado do trabalho. Subi direto para o banho e, depois de vestir meu pijama, desci para preparar um chá.

— Demorou para chegar hoje.

— Maria, que susto! Por que não está deitada?

— Não aguento mais ficar de repouso.

— Mas você precisa. São orientações da médica, lembra? Quer que eu faça um para você? A água está quase fervendo.

— Se está quase, eu aceito. Como foi lá no trabalho hoje?

— Bem corrido. Acredito que até o fim da semana coloco tudo em dia. E você? Como está?

— Bem. Sem dores.

— Venha, vamos nos sentar.

— Para uma irmã caçula, você está muito mandona, viu?

— Só estou cuidando de você.

Ela tomou um gole do chá e ficou me encarando, como se aguardasse a coragem de falar.

— Você não quer saber? De quem era?

— Só se você se sentir à vontade para compartilhar.

— Era do Hugo.

Ela soltou as palavras num impulso, quase como se pudesse desistir caso demorasse mais um pouco. Eu me engasguei com o chá.

— Como assim, do Hugo? Vocês estão juntos?

— Não, claro que não. Se estivéssemos, você saberia. Lembra da noite em que saímos para comer uma pizza?

— Sim, mas isso já faz mais de dois meses.

— Eu sei. Naquela noite, ele acabou indo lá para casa. A gente se beijou e só. Não me lembro exatamente quando, mas um tempo depois ele me chamou para um cinema e, nessa noite sim, dormimos juntos. Ele estava sem camisinha, mas eu estava tomando a pílula. Devo ter esquecido algum dia.

— Deve ter esquecido? O que tem na cabeça, Maria?

— Por favor, Ana. Não estou contando isso para ouvir sermão.

— Como uma pessoa na sua idade, com todo seu conhecimento, tem relações por aí sem proteção?

— Eu não tive relações por aí! Foi apenas uma vez.

— Não deixa de ser irônico.

— O que quer dizer com isso?

— Que você tem relação uma vez e engravida. Enquanto eu posso fazer de tudo, mas nunca vai acontecer.

— Não faz isso.

— O quê?

— Por que você sempre tem que ser o foco da conversa? Eu perdi um bebê, caramba! E você quer ser a coitada da história?

— Como pode dizer isso?

— É exatamente o que está fazendo agora. Já passou pela sua cabeça que, se eu tivesse escolha, eu teria aquela criança? E agora eu não tenho mais essa opção. Não. Tenho certeza de que não parou para pensar nisso. Porque você só sabe interpretar o papel da pobre coitada que nunca vai ser mãe!

Logo em seguida escutamos o barulho das chaves. Era o Samuel, e atrás dele vinha o Hugo. Eu ainda estava absorvendo as palavras da minha irmã sem a menor vontade de dar continuidade àquela conversa. Tudo o que fiz foi ignorar a presença dos dois na porta, levantar do sofá e subir para o quarto. Não conseguia olhar no rosto da Maria e não tinha dúvidas de que eles escutaram boa parte da nossa discussão. Presumi que o Hugo apareceu na nossa casa para esclarecer tudo com a Maria. O Samuel devia ter contado sobre o acontecido e bastou ele fazer algumas contas para entender o que significava.

Não saí mais do quarto. Mais tarde o Samuel me contou que, depois de muito conversarem, a Maria pediu ao Hugo que a levasse para a casa do papai. Tudo o que havia para ser discutido entre os dois foi falado naquele dia. Ele se ofereceu para cuidar dela, o que Maria recusou sem pensar duas vezes. Conhecendo minha irmã, eu sabia que ela não queria criar nenhum tipo de esperança em se tratando de relacionamentos. Depois daquilo, ela não atendeu mais as ligações dele. Na manhã seguinte, me ligou para pedir desculpas pelo que havia falado. Pediu também um tempo entre a gente. Disse que eu deveria parar de valorizar o que eu não tinha e prestar atenção a todo o resto que eu parecia não enxergar.

18

A temperatura ultrapassa os trinta e cinco graus e nem chegamos a janeiro, o pior mês do verão recifense. No final da tarde, torço para que um conjunto de nuvens se desmanche numa chuva de ventos, mas fico só na esperança. Como não abro a confeitaria aos domingos, combinamos de dormir no apartamento do Murilo hoje e, no caminho, pararmos para pegar uma pizza. O restaurante fica numa pequena galeria em formato de U, e, enquanto ele aguarda, resolvo explorar as lojas em volta. Estou passando pela curva do U quando uma vitrine mais à frente chama a minha atenção, e, ao olhar em volta com mais cuidado, percebo que já estive aqui alguns anos atrás. Talvez pelo fato de aquela não ser uma rua muito conhecida, ou porque os poucos postes de iluminação não tenham deixado claro onde eu estava, demorei a perceber que tínhamos parado bem ao lado do consultório da dra. Marcela, lugar em que passei pela minha primeira consulta assim que tomamos a decisão de engravidar. Daquela vez, havia estacionado bem perto da galeria; e quando voltava para o carro, notei os sapatinhos de crochê. Entrei na loja pensando em dar uma olhada e saí com dois pares, um branco e um amarelo, como forma de evitar expectativas quanto ao sexo. Lembro de ter saído do edifício cheia de uma ansiedade boa.

Deixei os sapatinhos no porta-malas do carro, planejando usá-los para contar a Samuel sobre a gravidez. Um dia que nunca chegou. Por isso, pouco mais de um ano depois, doei para uma funcionária da editora que esperava gêmeos. Ela ficou muito agradecida.

Por muito tempo evitei distrações como essa, elas haviam se tornado uma forma de tortura. Desde o divórcio, não pensava mais em filhos e não falava sobre isso com ninguém. Uma vez ouvi do meu pai que o que faltou ao nosso casamento foi uma criança entre a gente, e caí na gargalhada porque ele não podia ter mais razão. Ou não, talvez o que faltou tenha sido a autossuficiência do casal. Nunca falei para ele sobre tudo o que Samuel e eu passamos e não faço ideia de como ele não percebeu. Às vezes, me pergunto se ele suspeitou e optou por não perguntar, afinal sua marca sempre foi a discrição.

— Ana? Está me ouvindo?

— Oi! Você me assustou.

— Não foi minha intenção. Eu estava te chamando já há algum tempo. Cheguei mais perto e mesmo assim você não respondeu.

— Desculpa. Acho que me distraí.

— Com uma vitrine de roupa infantil? — ele fala entre risos.

— Ah, não. Meus pensamentos estavam longe.

— Disso eu tenho certeza. E eu posso saber no que estava pensando?

— Sei lá. Coisas para fazer na confeitaria. Isso na sua mão é a pizza?

— Sim.

— Ótimo. Então vamos? Estou morta de fome.

Nem eu acredito em mim mesma. Não poderia ter pensado em uma mentira melhor? Nunca fui muito boa em inventar histórias, esse é um dos talentos da Maria. Ela teria morrido de vergonha da minha performance. Minha única preocupação agora é se eu o convenci o suficiente para que não retome o assunto. Murilo costuma respeitar o meu desejo de preservar alguns aspectos da minha vida pessoal e eu conto com esse respeito hoje à noite.

Ele passa o caminho todo calado. Quando faço algum comentário, apenas sorri ou concorda de forma monossilábica. A gente se senta para comer e ele demonstra a inquietação. Percebo que tenta se conter, aguenta alguns minutos, e enfim atinge seu limite.

— Ana?

— Sim — respondo enquanto mastigo.

— Você considera o nosso relacionamento sério?

— Claro. Que tipo de pergunta é essa? — Eu uso um guardanapo na frente da boca enquanto falo. — Desculpa estar falando de boca cheia, estou com muita fome.

Ele parece nem dar atenção ao meu segundo comentário.

— Então por que não confia em mim?

— Eu confio em você.

— Não, não confia. Isso é só você mentindo mais uma vez.

Coloco o pedaço de pizza no prato enquanto ele nem toca no dele.

— Murilo...

— E você sabe do que estou falando.

— Não, não sei. E não estou gostando do tom dessa conversa.

— Claro. Quando a conversa fica séria, você prefere fugir, não é?

Começo a sentir uma certa fúria tomando conta de mim.

— Não vai responder?

— Eu estou aqui, não estou? Ou está me vendo fugir?

— Ficar aí sem responder também é uma maneira de se esquivar do assunto.

— A verdade é que até agora não entendi sobre o que está falando.

— Se prefere que eu seja direto, então vamos lá. Estou falando do fato de você passar pelo menos dez minutos hipnotizada em frente a uma vitrine de roupa de bebê e, quando questionada, mentir descaradamente dizendo que estava pensando na confeitaria.

— E qual o problema em olhar uma vitrine?

— Não tem nenhum problema. Só gostaria que fosse sincera comigo.

— E se eu não quiser falar?

— Bom, aí você diz exatamente isso, mas não minta pra mim.

Ele se levantou sem nem ao menos tocar no prato e eu não fui atrás. Só queria esquecer aquele assunto, mas não consegui nem terminar o meu pedaço. Fiquei sentada olhando para o corredor, sem saber se deveria ir embora ou esperar ele adormecer para me deitar. Resolvi pegar o celular e mandar uma mensagem para Maria.

Está aí?

Sim. Tudo bem?

Mais ou menos. Eu e o Murilo brigamos.

O que houve?

É complicado.

O que quer que eu faça?

Não sei.

Posso ligar.

Não. Agora não dá pra falar. Então estou de mãos atadas.

Desculpa. Esquece.

Ana, o que quer que seja, conversa com ele.

Certo. Boa noite.

Boa noite.

Acabo adormecendo no sofá, imaginando uma forma de resolver aquela situação. Acordo quase meia-noite com o estômago roncando, a pizza ainda praticamente inteira em cima da mesa. Enquanto aguardo o forno aquecer, separo dois pedaços e vou procurar alguma bebida. Devo ter feito barulho, pois assim que fecho a porta da geladeira, dou de cara com o Murilo bocejando de braços cruzados, apoiado no balcão.

— O que está fazendo?

— Esquentando a pizza. Acordei com fome. Quer?

— Sim.

— Quantos pedaços?

— Três, por favor.

Coloco os pedaços de pizza no forno e me sento para esperar. Em menos de um minuto, penso em pelo menos dez maneiras de começar aquela conversa, mas minha voz não sai.

Ele deve ter percebido o meu incômodo porque logo toma a iniciativa.

— Desculpa ter saído da mesa daquele jeito.

— Sou eu quem tem que pedir desculpa, só não sei como.

— Nesse caso, é simples. "Desculpa, Murilo. Por ter mentido."

— Eu não menti.

— Não?

— Até agora não entendi por que estamos brigando se eu estava apenas olhando uma vitrine.

— Ana, por favor. Não se faça de sonsa. Devo ter chamado seu nome pelo menos umas cinco vezes. Pelo que eu saiba, você não tem nenhuma amiga grávida e nem você está. Ou está?

126

Eu apenas rio daquela sugestão ingênua.

— Eu já percebi que toda vez que alguém fala sobre filhos, você fica estranha. Inclusive nós mesmos nunca nos sentamos para conversar sobre isso.

— Opa. Como assim? Nós estamos juntos só há alguns meses.

— Diz que está brincando. Completamos um ano no próximo mês. Lembra?

— Ah. Verdade. Não me dei conta de que já estávamos em dezembro.

— Estou me sentindo a mulher do relacionamento.

— Não seja machista.

— Desculpa, mas você é a primeira que não guarda a data do aniversário de namoro.

— Murilo, eu só sou um pouco desligada.

— O que é novidade para mim. Além da sua habilidade em se esquivar de conversas que não está a fim de ter.

Tento me concentrar e não engrandecer aquela discussão. A última coisa que quero é deixar que isso se transforme numa briga. Sinto seu olhar em mim, aguardando uma resposta, e resolvo me levantar para olhar a pizza. Antes que eu abra a boca, o timer do forno toca. Aproveito a deixa para pensar mais um pouco antes de dar continuidade à conversa. O que ele está insinuando me assusta de verdade. O que ele espera de mim? Ainda que eu imagine a resposta e acredite que ele esteja no direito dele, não tenho a menor vontade de lidar com aquela possível situação. Nem no meio da madrugada, nem em hora nenhuma.

— E então? Não vai falar nada?

— Eu não sei o que espera que eu fale.

— Por favor, para. Não acha que já foi longe demais?

— Murilo, eu não estou entendendo.

— É óbvio que está evitando o assunto. Seja honesta comigo.

— Sobre o quê?

— Primeiro sobre o porquê de ter ficado com o olhar tão perdido naquela vitrine. Segundo, e de maneira geral, sobre filhos. O que pensa sobre isso?

— Eu não penso nada. Ou melhor, não penso sobre isso. Só. Não há mais nada a dizer.

— Entendi. Então você não quer ter filhos?

— Não. Quer dizer, sei lá. Eu...

— Você o quê?

— Eu não posso, ok? Não posso ter filhos!

Ficamos em silêncio por quase um minuto. Percebo que ele não esperava aquela resposta.

— Por que nunca me contou?

— Porque assim é mais simples. Não falar é muito mais fácil do que lidar com o problema.

— Eu sinto muito, Ana. Não fazia ideia.

Ele vem até mim e me abraça, eu só não sei como receber aquele carinho ou piedade, ou o que quer que seja. Talvez eu tenha evitado essa conversa até então porque já imaginava o que aconteceria depois. Não foi nada pensado, apenas foi acontecendo e eu nunca toquei no assunto. Do meu círculo de pessoas, Maria é a única que sabe de tudo e, da mesma forma que não quis mais falar sobre o aborto, eu não quis relembrar aqueles anos. E assim continuei, até aqueles últimos minutos.

— Ainda acho que deveria ter me contado. A impressão que tenho é que não está nos levando a sério.

— Claro que estou. Mas que fique bem claro, o que temos hoje é o mais sério a que vamos chegar. Nunca pensei em casamento.

— E se eu quiser me casar com você?

— Eu não quero mais isso para mim.

— Entendi, você não quer. E o que eu quero? Como pode ser tão egoísta?

— Aparentemente é um defeito meu. Desculpa, Murilo. Mas eu não consigo. Preciso sair daqui.

— Como assim? Não consegue o quê? Não vou deixá-la sair uma hora dessas.

— Você não tem opção. Vou trocar a roupa e chamar um táxi.

— Ana, por favor. Vamos conversar.

— Desculpa.

Dou as costas a ele e me tranco no banheiro. Os primeiros cinco minutos servem para extravasar. Então começo a jogar água no rosto e espero aquela sensação passar. Repito para mim mesma que preciso me recompor. Visto a roupa que estava usando antes e ligo para a empresa de táxi. Saio apenas quando a telefonista confirma que um carro está a caminho e o encontro parado em frente à porta da sala.

— Por favor, Murilo, não dificulta.

— Você está louca se pensa que vou deixá-la sair a essa hora. Ana, nós somos dois adultos. Podemos sentar e nos entender.

— Não, não podemos. Você não entende. Não vou fazer isso com você.

— Fazer o quê?

— Murilo, por favor. Eu quero passar.

— Claro que não.

— Olha, foi ótimo esse tempo que passamos juntos, mas eu não vou repetir o erro.

— Que erro? Do que está falando? Você está terminando comigo?

— Só estou nos poupando de um problemão mais pra

frente, ok? Agora deixa eu sair. Precisa respeitar minha vontade. Eu não quero ficar aqui.

— Quer saber? Pode ir. Você está desistindo tão fácil. Não sei por que estou fazendo tanta questão de que fique.

Ele dá um passo para o lado e eu não consigo encarar seus olhos. Viro a chave e saio. Logo que me sento no carro, pego o celular e mando uma mensagem para Maria.

Estou indo para sua casa. Preciso de você.

Alguns minutos depois, ela responde.

Vem. Vou deixar a porta da sala aberta.

Assim que chego no prédio da minha irmã, lembro que ela provavelmente deve estar com o Fábio. Estava tão perdida que não pensei nessa possibilidade quando resolvi mandar a mensagem. Procuro me recompor, seco o rosto e entro no elevador.

Ela está com um abajur ligado na cozinha e uma chaleira no fogão. Mal entro e ela vem logo ao meu encontro, pronta para me consolar de qualquer que seja a minha dor, como sempre fez. Pelo volume embaixo do lençol, percebo que ela tem sim companhia. Cogito ir embora, o que me impede é pensar na solidão do meu apartamento. Ficar sozinha é tudo o que quero evitar agora. Preciso conversar, botar para fora o que não disse mais cedo ao Murilo. Percebo que ele estava certo. Eu adoro fugir. Fugir de conversas sérias, da minha casa, de ficar sozinha.

Precisamos sussurrar para não acordar o Fábio.

— Parece que meu conselho não funcionou — diz Maria. — Ou foi mais complicado do que pensei.

— Os dois.

— O que aconteceu?

— Ele me confrontou sobre ter filhos.

— E você?

— Primeiro eu tentei evitar ao máximo. Mas quando não deu mais, eu disse a verdade, que não posso ter.

— Você não sabe se isso é verdade. Todos os exames mostraram que não tem nada de errado com seu corpo.

— Não quero entrar nessa discussão agora. Além do mais, eu já aceitei.

— Certo. Deixa isso de lado. Vocês brigaram e você resolveu sair de lá às duas da manhã?

— Não foi só uma briga. Eu terminei tudo.

— Por quê, Ana? Vocês se gostam e se entendem.

— E daí? Eu já sei tudo o que nos espera. Só estou poupando o meu tempo e o dele.

— Quer dizer que você não vai se relacionar com mais ninguém? Ou vai sair à procura de caras que não queiram ter filhos? Não é um bom sinal.

— Maria, você não está ajudando.

— Eu só estou falando a verdade. Já parou para pensar nisso?

— Não, e nem quero. Eu acabei de terminar um relacionamento e você está falando sobre começar outro.

— Espera aí. Pausa para uma bebida quentinha. Chá de maçã com canela é seu preferido, não é?

— É sim. Obrigada.

Maria se levanta e vai até o fogão, logo voltando com uma xícara.

— Toma. De volta ao assunto, você não pode terminar assim com o Murilo.

— Não só posso como já terminei.

— E o que vai dizer às pessoas? Ao papai?

— Desde quando você se preocupa com a opinião dos outros?

— Eu não me preocupo, mas você sim.

— Vou dizer que não deu certo. Ninguém precisa saber o porquê.

— Você não está sabotando seu relacionamento, está?

— Não entendi.

— Esquece. Você não seria capaz.

— Acho melhor eu ir embora. Não quero tirar a privacidade de vocês.

— De jeito nenhum. Hoje você vai matar toda a saudade da sua antiga cama.

— Não precisa, Maria.

— Vou pegar um lençol e um travesseiro — diz ela, se levantando. — Estão logo aqui no armário.

— Você é teimosa.

— Shh. Vai acordar o Fábio. Toma. — Ela me atira a roupa de cama. — Pega esses dois.

— Obrigada. Agora pode voltar a dormir.

— Boa noite.

— Boa noite, Ma. Obrigada mais uma vez.

No outro dia, acordo com o barulho da Maria e do Fábio organizando o café da manhã. Ela já deve ter contado para ele sobre a minha briga com o Murilo, já que em nenhum momento ele me questiona por que cheguei ali no meio da madrugada. Não planejo passar muito tempo, por isso termino minha xícara de café e logo peço outro táxi. Dessa vez, para minha casa. Assim que o carro vira a esquina, reconheço o homem com o buquê, sentado na escadaria do meu prédio.

19

Estava saindo do elevador a caminho do shopping no outro quarteirão na esperança de almoçar uma comida mineira, e, quem sabe, se sobrasse algum tempo, dar uma passada na livraria. Foi quando percebi a figura daquele senhor de quase sessenta anos, já com cabelos grisalhos, do outro lado do hall, conversando com um dos seguranças do empresarial. Assim que me viu, trocou um aperto de mão com o rapaz e veio em minha direção.

— Pensei que não fosse aparecer nunca.

— Desculpa, papai. A gente combinou algo hoje?

— Não, não. Eu que resolvi vir por iniciativa própria. Não deveria?

— Não é isso. Só não esperava encontrá-lo aqui embaixo.

— Essa é a intenção da surpresa. E então? O que acha de almoçarmos juntos?

— Acho uma ótima ideia.

— Aonde estava indo comer? Estou morrendo de fome.

— Na verdade, estava desejando a comida daquele restaurante mineiro no Centro Sul.

— Você se importa de irmos naquele do outro lado da praça? Detesto shoppings. E aquele está sempre cheio.

— Pode ser. Não me lembrava do Gamela.

Não era comum receber uma visita surpresa do meu pai e não era preciso pensar muito para assimilar que por trás dela havia alguma intenção. Algo me dizia que estava relacionada à minha briga com a Maria. Ele não sabia exatamente o que acontecera entre nós duas, só que estávamos afastadas nas últimas semanas. Vínhamos inventando desculpas de forma a nunca estarmos juntas nos compromissos familiares, e ele nunca aceitou fácil nossas brigas.

Ao chegar, nos servimos e fomos nos sentar. Preferi ir direto ao ponto.

— Então, vai me dizer qual o intuito dessa surpresa?

— Eu não posso simplesmente querer almoçar com a minha caçula?

— Pode, mas nunca antes veio por uma vontade súbita de estar comigo.

— Verdade. Vou começar a aparecer mais sem justificativas.

— Certo. Numa próxima vez então.

Ele continuou mudo, lendo o cardápio de bebidas e eu aguardando.

— Papai?

— Desculpa, Ana. Não gosto de me intrometer nos problemas dos outros, você sabe bem disso, mas quando se trata das minhas filhas, não sei como não interferir.

— Eu já imaginava.

— Você quer me contar o que houve? Tem alguma coisa que eu possa fazer?

O garçom nos interrompeu, perguntando sobre nossos pedidos. Ele pediu uma água, como sempre. Já eu preferi um suco de laranja com muito gelo.

— Não precisa se preocupar, vamos nos resolver. Às vezes a situação é mais complicada do que imaginamos ou do que estamos acostumados a lidar.

— Certo. Você não disse nada e pelo visto não vai dizer.

— Não é isso.

— Querida, não se preocupe. Vim mais para te lembrar que, seja o que for, estamos falando da sua irmã. E vocês precisam se entender.

— Obrigada.

— Pelo quê?

— Pelas palavras, por estar aqui, por simplesmente ser meu pai.

— Eu só quero seu bem, filha. E, por falar nisso, é impressão minha ou você e o Samuel estão passando por algum tipo de crise?

— Por que está perguntando? Ele comentou alguma coisa?

— Não, pelo contrário. Sempre que pergunto, ele afirma que estão bem. Acho que é minha intuição dizendo que ele está mentindo.

— É só impressão sua. Não tem nada acontecendo com a gente.

— Está vendo? Como agora. Você fala e nem consegue olhar nos meus olhos.

— Papai...

— Ana, não precisa mentir pra mim. Vou respeitar sua vontade de não falar.

— Eu não estou mentindo. Estamos bem.

Por mais que tentasse, não consegui manter o meu tom de voz.

— Você parece nervosa. Pelo visto a questão é séria.

— Não, não é. É uma questão de não querer que todos se metam nos meus problemas conjugais.

— Eu não devia ter vindo — ele falou num tom de voz baixo enquanto olhava para o próprio prato.

Antes que eu pudesse pedir desculpas ou qualquer outra coisa, ele se levantou e foi até o balcão pagar pelo almoço que não chegara a comer. Em vez de voltar para a mesa, saiu direto pela porta da frente.

Fiquei ali envergonhada pelas palavras que não deveriam ter saído da minha boca, pelo menos não da forma que saíram. Precisei de poucos minutos para visualizar toda a situação que acabava de ocorrer. Meu pai veio até mim por uma preocupação inocente, de quem só queria o meu bem, e eu consegui perder a cabeça por nada, o que parecia estar se tornando um comportamento recorrente. Nem mesmo com ele, a criatura mais calma e serena que conhecia, eu soube manter a postura de uma pessoa equilibrada. Estava tão preocupada comigo mesma, vivendo numa bolha, dentro de um mundo só meu, que parei de notar o entorno; e quem estava à minha volta presenciava todas as minhas mudanças de maneira tão clara que provavelmente se questionavam se aquilo era intencional.

Eu vinha afastando o Samuel através de um processo contínuo, lento e doloroso. Afastei Maria com todo o meu egocentrismo; e agora meu pai recebera um tratamento desrespeitoso, muito diferente do que sempre nos ensinou. Não merecia jamais tamanha grosseria.

20

Mal saio do táxi e ele se levanta imediatamente. Enquanto me aproximo, ele me estende o buquê. Leio o cartão: "Demoramos tanto a ter nossa primeira briga, não posso deixar que essa seja a única". Ele me encara com um meio-sorriso, à espera da minha reação. Como eu permaneço com a cabeça abaixada, sentindo o cheiro das flores, ele se adianta:

— Será que podemos subir e conversar?

O mostrador do meu relógio marca quinze para as nove. Imagino por quanto tempo ele ficou me aguardando na escadaria. Desde o momento em que o vi de dentro do carro, minha mente tenta decidir entre ter uma conversa ou pedir que ele vá embora. Claro que a proximidade entre nós dois agora é um fator que dificulta a segunda opção. Considero também o fato de que, até poucas horas atrás, ele era o meu namorado e vivíamos bem juntos. Quando resolvi terminar o relacionamento, agi pelo impulso de ter visto um futuro diante dos meus olhos, e não poderia oferecer nada daquilo para ele. O Murilo definitivamente é o tipo do cara que planeja se casar, ter filhos e tudo mais. E há exatos dois anos, desde que assinei os papéis do divórcio, eu soube que todo esse conjunto não faria mais parte da minha vida. Se eu não tive isso com o Samuel, não teria com mais ninguém. Des-

137

perdicei muito tempo vivendo a dificuldade de engravidar, de forma que, quando encerramos aquela fase, eu bloqueei todo pensamento relacionado a isso. Não me preocupei com futuros pretendentes. Até o Murilo aparecer, não pensava em me envolver com outra pessoa e, depois que nos conhecemos, tudo foi acontecendo aos poucos. Pela primeira vez, eu não fiz planos, o que nos trouxe até aqui.

— Ana?

Só então me dou conta de que estou perdida nos meus devaneios, enquanto ele continua parado na minha frente.

— Desculpa. Podemos subir sim.

Peço que me aguarde na sala enquanto vou direto para o chuveiro. Durante o banho, tenho tempo suficiente para refletir sobre o último ano e tudo do que estarei abrindo mão ao manter o término do namoro. Não é uma escolha fácil porque o que sinto por ele não é apenas afeto ou carinho. Sei que estou apaixonada.

Ao abrir a porta do quarto, sinto o cheiro do café. Ele está na cozinha, à procura das xícaras que costumamos usar. Sento no lado oposto da mesa, enquanto ele vasculha de costas embaixo da pia.

— Estão no armário de cima, à direita.

— Obrigado.

— Não precisava ter o trabalho, eu já ia fazer.

— Eu sei. Só quis poupar o nosso tempo.

— Então...

— Por que tão séria? Eu quase me sinto culpado, como se tivesse cometido o pior dos erros.

— Não cometeu, você sabe bem disso.

— Ainda assim quero pedir desculpas por ter forçado a barra.

— Não precisa, você não forçou.

— Quanto a isso, tenho bastante certeza de que forcei sim e é por essa razão que estamos aqui agora.

— Murilo, a culpa não foi sua. Eu deveria ter conversado com você desde o início, ou pelo menos já há algum tempo. Deixei nosso namoro avançar, sabendo que em algum momento a etapa seguinte não ia acontecer. Fui egoísta.

— Se esse egoísmo foi por estar gostando de mim, eu te perdoo. Olha, Ana, você tem razão, deveria ter falado antes sobre esse problema ou essa situação, não sei bem como definir. Mas para mim nada mudou, até porque não sei a fundo o que se passa, exceto pelo que você contou ontem.

— Não há nada mais para falar. Eu não posso ter filhos.

— Posso perguntar onde está o problema? Digo, fisiologicamente.

— Na verdade, pelos exames que fiz, não tem nada de errado com o meu corpo.

— Não entendi.

— Eu apenas não conseguia engravidar. Eu e o Samuel tentamos por muito tempo, fizemos tratamento e nada.

— Hum. Então não é uma questão de não poder.

— Murilo, se está criando esperanças, por favor, não faça isso. Eu já aceitei e prometi a mim mesma nunca mais me submeter a tudo aquilo de novo. Por ninguém.

— Certo. Posso fazer uma pergunta? Já que estamos deixando tudo às claras.

— Sim.

— Foi por isso que seu casamento acabou? Porque não conseguiram ter um filho?

— Foi.

— Você deixou de amá-lo no meio desse processo?

— Não.

— Então quando?

— Quando deixei de amar o Samuel? — Ele só concordou com a cabeça. — Eu não sei. E não sei por que estamos falando sobre isso. Pensei que sua intenção era falar sobre a gente, não sobre o meu casamento.

— Está certa, desculpa. Ana, a única coisa que eu quero dizer é que não faz sentido a gente terminar. Se duas pessoas se amam, elas devem ficar juntas.

Aquela frase ecoou na minha mente como a mais pura inverdade. Eu não poderia dizer isso a ele, mas, se duas pessoas que se amam devem ficar juntas mesmo, eu deveria estar com meu ex-marido agora. O divórcio veio por muitas razões, mas nenhuma delas relacionada ao que sentíamos um pelo outro. Nem toda a distância criada entre nós dois durante o casamento foi capaz de tirar de dentro de mim o que eu sentia por ele. Talvez só camuflar. Afasto esses pensamentos e volto para a nossa conversa.

— Você está dizendo que me ama?

— Sim, amo. Você não sente o mesmo?

Não sei o que sinto. Sei que é forte, mas não sei definir ainda o que é. Quando estamos juntos é maravilhoso, e tudo ficou melhor depois que o Murilo apareceu, talvez porque antes de ele chegar eu vivia o caos. O problema é que sou daquelas que acreditam que o amor só acontece uma vez.

— Murilo, você está um pouco atrasado, eu não vou responder. Estamos terminados, lembra?

— Isso não quer dizer nada.

Então ele vem em minha direção, senta diante de mim e segura minhas mãos junto às dele, seu olhar fixo. Meu cérebro manda comandos para que eu saia dali o mais rápido possível, mas não faço nada. Não tenho forças. Aquele toque é mais forte do que qualquer racionalidade.

— Adoro seus cabelos molhados, o cheiro do seu shampoo. — Ele chega mais perto e beija minha cabeça.

— Por favor, Murilo.

— Não faz isso com a gente, Ana. É tão bom ter você por perto. Não pede para eu me afastar. — Seu rosto está a menos de dez centímetros do meu e eu sou vencida pelo seu toque. Ele me beija.

Talvez a ideia da separação tenha tornado tudo mais intenso, como se aquela fosse nossa última oportunidade. A gente se entrega ao momento, sem saber se estamos vivendo uma despedida ou apenas o início de uma nova fase, sem mentiras ou segredos, o que poderá levar o nosso relacionamento a um lugar distinto de onde estivemos, de mais confiança, estabilidade e maior conhecimento. O que isso significa?

Antes de chegarmos ao quarto, já estamos os dois despidos. Nosso corpo precisa estar junto e, dessa forma, permanecemos pelo resto do domingo, na cama, no sofá, no chuveiro, colados um ao outro. Durante todo o dia evitamos conversas difíceis. Não estou pronta para doar todo o esforço que será cobrado de mim, mas ignoro essa certeza. Naquele instante, naquele lugar, o desprendimento é improvável.

Por duas vezes ele tenta definir nosso status atual, talvez sem entender que eu ainda não sou capaz de fazer uma escolha. Pouco depois de jantarmos, ele avisa que precisará ir embora. Eu deteste aquele momento, de voltar ao mundo real, de agir racionalmente. Antes que ele saia, peço que me dê um tempo, sem ligações ou aparições surpresas, e assim que ele bate a porta, eu sei que, depois de um dia inteiro só nosso, sem interrupções externas, tomar uma decisão será muito mais difícil. Por isso eu me desligo de tudo. Vou até minha estante atrás de qualquer leitura que dure tempo suficiente até a madrugada, de um fôlego só. Encontro, bem na altura dos meus olhos, *A metamorfose*, e me dou conta de que ainda não o li nesse ano.

* * *

Quase duas semanas se passam desde aquele domingo. Dois dias atrás, não sei se por acaso, esbarrei com a Inês no supermercado. Ela relatou como foram os últimos meses na editora, sempre ressaltando sua gratidão pela indicação ao cargo. Senti a vontade de perguntar sobre o Murilo crescendo e fiz um esforço enorme para me conter. Quando comecei a me despedir, ela disparou um discurso que parecia pronto desde a hora em que me viu. O meu silêncio estava sendo uma tortura para ele. De quanto tempo mais eu precisava? No fim, ela me fez prometer que independente do que eu decidisse, não iria deixar de falar com ele pessoalmente. Deixou bem clara sua opinião. Pedir um tempo para pensar e sumir é um ato de covardia. Eu queria dizer tantas coisas, sobre o que esse tempo estava sendo pra mim também, mas não podia. Eu apenas a tranquilizei e afirmei que achava o mesmo. Jamais agiria assim.

Se a Inês estivesse ali como uma amiga, talvez eu falasse sobre a angústia que venho passando desde aquele dia. Talvez eu contasse sobre todas as vezes em que segurei o celular para fazer a ligação e, no último segundo, desisti. Vivo um embate diário entre a razão e a emoção. Sinto falta da nossa rotina e do que não era rotina também, como ouvir a campainha tocando às dez da noite ou às seis da manhã, sempre com um vinho ou um croissant quentinho. Sinto receio e por isso não consigo sair dessa posição em que me coloquei. Receio do que vem a seguir, sim, porque eu já me decidi, apesar de acordar todos os dias procurando uma solução para o nosso dilema.

Depois de todos aqueles meses juntos, eu entendi que o Murilo preencheu em mim o espaço que antigamente o Samuel habitava, e aquilo me fez bem. Ele me faz feliz. Ao mesmo tempo, também percebo que o Samuel não me deixou, uma sombra daquele sentimento continua aqui. Desde o início, eu soube que o que aconteceu a nós dois foi o equivalente ao desgaste de uma pedra, um desgaste que nunca chegou a transformá-la em pó. Só modificou a superfície.

Ao tomar minha decisão, penso na última vez em que estive com o Murilo e no que ele falou para mim. Se duas pessoas se amam, devem ficar juntas. E percebo o quanto de ingenuidade há nessa sentença. Isso serve para meninas de dezesseis anos que estão no início da vida romântica, sonhando com seus amores. No mundo real, onde a vida acontece, há muito mais coisa envolvida. De fato, nunca faltou amor no meu casamento. O que faltou foram diálogos, muitos diálogos naquelas lacunas de silêncio intermináveis; cumplicidade para que eu entendesse que havia outra pessoa passando pelas mesmas dores que eu, dores que não recebiam espaço para serem colocadas; e uma persistência, ou talvez uma insistência, em não abrir mão do outro.

Desde o dia em que estive com a Inês, sabia o que precisava fazer. Eu vejo o quanto estou fazendo mal a nós dois, sem coragem de dar fim ao que foi nosso relacionamento. Entro em contato com o Murilo e peço que me encontre no antigo Café Madalena. Estou prestes a desligar, quando ele pergunta:

— Ana, esse encontro será uma despedida?

Eu não respondo e ele continua:

— Porque se for, eu prefiro que diga logo. Não estou interessado em ouvir suas justificativas para não ficarmos juntos.

A conversa dura pouco tempo, meu silêncio é uma afirmação do que ele não quer ouvir. Ele não aceita, tenta me persuadir durante os primeiros minutos até que sente no meu tom de voz a certeza da minha decisão. Algumas palavras machucam. "Você nunca me amou, Ana. Talvez ainda o ame.

Só não admite para si mesma. Ou não, talvez nunca o tenha amado também. A gente não desiste de quem ama." Minha boca fica seca e o rebate não vem. Ele desliga antes que eu possa me defender.

21

Quando compreendemos que induzir a ovulação não seria suficiente no nosso caso — o que aconteceu após o oitavo mês de tentativa — decidimos partir para o último recurso. Não perderíamos tempo com a inseminação. Desde o início, a dra. Martha nos sinalizou que o tratamento mais avançado era a FIV. Todo o processo de fertilização aconteceria num laboratório, o único trabalho do meu corpo seria fixar o embrião na parede do útero. Essas foram as palavras dela na consulta que tivemos alguns meses antes quando começamos a cogitar que talvez fosse necessário partir para um plano C.

As duas últimas tentativas por indução, fiz por muita insistência do Samuel, como se ele acreditasse que a sétima ou a oitava poderia dar sorte. Por esse prolongamento das nossas frustrações, culpei meu marido com a força dos últimos três anos. Eu precisava responsabilizar alguém, não poderia ser apenas o destino ou, como meu pai costumava dizer, a vontade de Deus. Sentia raiva do mundo para não ter que sentir raiva de mim mesma, pela minha incapacidade de gerar uma vida. Como eu não podia gritar com todos, quem mais ouvia o meu silêncio intermitente atravessado pelo som alto, lá de dentro, direto da minha laringe, era o Samuel. Surpresa pelas minhas palavras, elas surgiam quase como num surto. Foi bem o que aconteceu há algumas semanas, quando o encontrei na minha biblioteca, folheando meus cadernos. Surtei porque, naquele momento, ele violava minha privacidade; e pior do que isso, lia anotações destinadas a mais ninguém além de mim. Entre elas, uma lista de metas para o próximo ano. Não era nada parecido com o que a maioria das pessoas costumava escrever. Não. Passar noites em claro. Engordar quinze quilos. Sentir minhas mamas cheias de leite. Um beta positivo.

Ele esperou pacientemente que eu me acalmasse depois da briga. Pediu que eu sentasse por cinco minutos com ele na sala e falou um monte de coisas que eu talvez precisasse ter ouvido há muito mais tempo. Sobre o meu comportamento, minha saúde mental e até sobre minha beleza, como eu havia abandonado alguns cuidados básicos comigo mesma. Não consegui contribuir muito com a conversa, por toda a força empreendida na última hora. Apenas assenti quando ele pediu que eu voltasse a ver a dra. Fabiana, minha antiga terapeuta.

Saí dali e fui direto para o nosso banheiro. Tranquei a porta e fiquei diante do espelho. Ele estava certo. Eu não me lembrava da última vez em que fiz minhas sobrancelhas, estavam grossas, cheias de fios invadindo a minha testa. As olheiras, que antes eram imperceptíveis, agora formavam arcos bem desenhados e escuros, de todas as noites maldormidas. E eu havia ganhado linhas de expressão, onde antes a pele impressionava pela jovialidade.

Passei a evitar a minha médica, a dra. Martha. Parecia ridículo, mas eu nutria uma mágoa pela esperança que ela me dera assim que chegamos na clínica. Um fio de confiança foi se desfazendo. Já deveríamos ter retornado para mais uma das consultas, mas por duas vezes inventei desculpas ao Samuel e cancelei nosso horário. Num primeiro momento, ele pareceu ignorar a minha covardia, até que, alguns dias depois, disparou o que parecia ser um sermão ensaiado. Algo sobre eu estar desistindo não só do nosso sonho, mas dele também. Se antes estava difícil, agora parecia estar se tornando insuportável.

— Não vai falar nada?

Ouvi tudo e não consegui devolver uma palavra. Por um segundo me questionei se ele não tinha razão. Por que me sentia tão sozinha, como se aquilo tudo fosse um processo só meu?

Pouco mais de um mês depois, marquei a consulta. Martha nos recebeu num fim de tarde chuvoso. Deixei a editora um pouco mais cedo naquele dia, e quando cheguei, Samuel já me aguardava numa das cadeiras da recepção. Estávamos ali apenas para ouvir como seriam as próximas etapas. Sem prolongar cumprimentos, ela deu início à explicação. Primeiro sobre a necessidade de dispor de tempo durante todo o mês para realizar os exames de ultrassom, que aconteceriam algumas vezes por semana. Segundo, sobre as injeções de hormônio que seriam aplicadas por mim mesma. Uma bomba de hormônio, o termo usado por ela. E, por último, sobre os procedimentos de retirada de óvulos e, posteriormente, de transferência de embriões. Tudo isso deveria ocorrer em um intervalo de vinte dias. Depois aguardaríamos em torno de duas semanas para fazer o exame e descobrir se o tratamento havia funcionado. Quando ela começou a falar sobre taxa de sucesso, eu a interrompi. Preferia não saber.

Ficou decidido então. No início do próximo ciclo, eu estaria de volta.

Retomei as consultas com a dra. Fabiana, como combinado com o Samuel, mesmo sem acreditar que surtiriam algum efeito. Nossa relação ainda parecia caminhar por uma corda bamba, tendo ele melhor equilíbrio do que eu. Era estranho, eu pensava em perguntar o que ele sentia em relação à FIV, e, no minuto seguinte, abandonava aquela ideia insana. Era óbvio que ele mandaria a pergunta de volta e, ao mesmo tempo que eu sabia do tamanho da minha expectativa, não poderia pronunciar as palavras. Era como se fosse um segredo. Eu não estava nem um pouco a fim de ouvi-lo dizendo para que eu fosse com calma; já tinha usado a serenidade de uma vida nesses últimos anos.

Passei a manhã inteira com vontade de falar com a Maria e só cheguei perto do celular quando a vontade passou. Algo dentro da minha irmã mudara. Não sei o quê, talvez o desinteresse em exercer a maternidade tenha dado lugar a uma curiosidade por aquele e se. E se a gravidez tivesse vingado? Ela nunca havia falado em ser mãe, não como uma meta ou uma prioridade, e dizia que se não acontecesse com ela não se importaria porque não há como alguém sentir falta do que nunca teve. Mas e agora?

Depois da briga, passamos quase dois meses sem nos ver e praticamente sem nos falar. Eu deixei de frequentar as aulas de yoga, por todo o desconforto que se instalou entre nós duas. Recebia notícias por meio do nosso pai, que não entendia o que estava acontecendo, e quando tentei pedir desculpa mais uma vez pelas minhas palavras, ela sinalizou que aquilo era passado e gostaria de deixar assim.

Eu também tinha mudado ao longo desses anos. Um ressentimento crescia por dentro, além da revolta e do egoísmo. Um dia amanheci vítima da vida, perdi a habilidade de enxergar os problemas dos outros, via apenas os meus, o meu único e enorme problema. Fui capaz de acordar certa manhã e formular a hipótese mais egocêntrica. E se a Maria conhecesse alguém? E começasse um relacionamento? E fosse sério? E resolvesse ter filhos? E conseguisse de primeira? O que seria de mim? Foi então que entendi que precisava de ajuda, e a dra. Fabiana não estava sendo capaz de preencher o buraco que eu tinha cavado. Entrei em contato com a dra. Martha e pedi uma indicação de alguém especializado no meu problema. Na outra semana, estava sentada diante do dr. Gutierrez. As sessões dele custavam uma pequena fortuna. Quando fui até o Samuel perguntar o que ele achava e se deveria procurar outro profissional, sua prontidão em concordar demonstrou quase um desespero por alguém que pudesse me consertar.

Comemoramos o aniversário do Sam no nosso apartamento. Precisávamos de um momento de normalidade. Eu me responsabilizei pela comida, até como forma de estar envolvida na cozinha em vez de abrir o notebook para as buscas infinitas sobre um tema que se tornara uma obsessão. Convidamos apenas nossas famílias e o Hugo, como sempre. Pela primeira vez, Maria não apareceu. Para os nossos pais, dissemos que ela estava indisposta. Entre nós três, sabíamos que aquela justificava não passava de uma mentira.

Desde o almoço com meu pai, eu pensava em resolver as coisas com a minha irmã. No dia seguinte ao jantar, decidi sair direto da Barcelona e passar no centro de yoga. Sabia que às quartas ela ficava lá até tarde. Enquanto ela encerrava a última aula, eu fui me sentar no fundo da sala. Ela me viu e fez um sinal com a cabeça. Dez minutos depois, as alunas despediram-se e eu fui ao seu encontro.

— Será que dava pra gente conversar?

— Oi, Ana. Está tudo bem?

— Está. Quer dizer, ainda não.

— Ainda não?

Eu lancei um olhar que há muito tempo ela já conhecia.

— Hum. Entendi.

— Você não concorda?

— Talvez.

— Pensei em tomar um suco na lanchonete aí de baixo.

— Boa ideia. Estou morta de fome.

Aguardei enquanto ela calçava o tênis. Pegou a bolsa e fomos em direção à escada. O espaço ficava no primeiro andar de um antigo prédio numa das avenidas principais em Boa Viagem. O térreo era ocupado por três lojinhas. Uma boutique de carne, uma pequena papelaria que vendia itens como filtro de café, e um mercado de comida saudável com um restaurante dentro. Chegando lá, procuramos uma mesa mais afastada. Pedi um suco de laranja com acerola e Maria uma salada caponata e um suco de graviola. Os cinco minutos seguintes foram de um silêncio constrangedor.

— Você vai ficar calada ou planeja dizer alguma coisa em algum momento? — disse Maria, finalmente.

— Eu vim dizer que não aguento mais.

— Não aguenta mais o quê?

— Você sabe do que estou falando.

O silêncio da minha irmã dizia muito mais do que qualquer som que ela pudesse emitir. Era seu modo de concordar, sem admitir em voz alta.

— Como a gente deixou a situação chegar a esse ponto? — perguntei.

— Talvez assim tenha sido mais fácil para cada uma lidar com o que estava sentindo.

— Você realmente acredita nisso? Pra mim, tudo ficava mais fácil quando você estava por perto. Não o contrário.

— Eu também não contribuí muito para que as coisas mudassem.

— Nenhuma das duas.

Quando ela não soube o que responder, eu tomei a iniciativa.

— Como você está? De verdade.

— Estou bem, Ana. Sério. Não penso mais naquele dia ou em nada que tenha a ver com o que aconteceu.

— Inclusive no Hugo, não é?

— Não consigo lidar com ele.

— Ele não fala, mas sei que ficou bem mal. Antes de qualquer coisa, vocês eram amigos.

— Eu sei e sinto falta do meu amigo. Mas, apesar de estar bem hoje, superar aquele dia não foi fácil. E só de pensar nele...

— Sinto muito, Ma. Eu devia ter ficado ao seu lado.

— Esquece, Ana. Está tudo bem. E você? Como está?

— Bem.

— Não foi o que fiquei sabendo.

— Como assim?

— Acha que deixei de me preocupar com você? Mantive contato com o Samuel durante todo esse tempo e ele me disse que você não está muito bem.

— Ele falou isso?

— Não é verdade?

— Bom, acho que a coisa toda desandou quando parei de ir para a análise. E, para completar o desastre, perdi o contato com a minha melhor amiga.

Ela sorriu, veio se sentar ao meu lado e me abraçou.

— Desculpa, Nana. Isso não vai mais se repetir.

— Ainda bem. Porque tenho a impressão de que me tornei uma chata. Não sei mais por quanto tempo o Sam vai aguentar essa minha nova versão.

— Não seja boba. Ele te ama. Mas ninguém merece morar com o mau humor em pessoa.

— Ele disse isso?

151

— Estou apenas brincando. Ele só disse que você se tornou monossilábica e um tanto sem paciência ultimamente.

— Ele não mentiu.

— Quer me contar agora como estão as coisas? Vocês ainda estão tentando a indução?

— Não. Depois da oitava vez, decidimos partir para FIV.

— Ah, eu não sabia. E já fizeram?

— Não. No próximo mês.

— Entendi. E como você está?

— Morta de medo.

— Dessa vez vai dar tudo certo. Você vai ver.

— Eu já ouvi tanto essa frase. Não aguento mais me decepcionar. Eu preciso de um resultado positivo, para o bem do meu casamento.

— Estava prestes a perguntar sobre a vida do casal, mas acho que isso responde.

— Não existe mais vida de casal, Maria. Não temos mais relações espontâneas, desde antes das induções. Primeiro porque não tem mais libido e segundo porque sexo gera muita expectativa, por mais ridículo que pareça.

— Vocês são muito jovens para estarem passando por isso. Não podem se negligenciar como marido e mulher.

— O problema é que pegamos um caminho e agora não sabemos mais como voltar.

22

Dois meses desde o nosso último encontro. A saudade vai cedendo à tentativa de aceitar tudo o que aconteceu, em vez de viver a fantasia do que poderia ter acontecido. Murilo e eu não voltamos a nos falar. Por alguns dias, aguardei uma ligação que não veio. Cheguei a passar noites inteiras acordada em silêncio. O toque do celular se faria mais alto, um som que nunca chegou.

Minha rotina se resume entre a confeitaria e minha casa. Nos dias em que acordo mais disposta, vou caminhando pelos dez quarteirões de distância. Uso a rua de trás da beira-mar, onde posso seguir pela sombra das árvores. Numa dessas caminhadas, passei por um pequeno edifício com um caminhão estacionado à frente, e reconheci os três rapazes que desceram dele, todos da ConstruRec. Eles sorriram e eu acenei de volta, seguindo pelo resto do caminho mais dispersa do que gostaria. Acordo hoje antes do despertador e decido ficar na cama mais um pouco, enquanto os compromissos do dia não ativam meu cérebro. Ouço o celular vibrar na mesinha ao lado e me movimento para alcançá-lo. No quarto escuro, consigo ler o aviso de SMS e destravar a tela. Maria me convida para um almoço numa cantina italiana próxima da nova casa dela e do Fábio, na Zona Norte. Eu adoro o lugar, só não estou convencida do motivo do convite no meio da semana. Me pergunto se não será mais uma tentativa de checar se não estou deprimida pelo término do namoro ou por não ter uma vida amorosa, como se essa fosse minha única preocupação. Quando respondo aceitando, tenho consciência de que preciso separar umas duas horas de almoço devido à distância e ao trânsito. Levanto para tomar um banho e seguir para o trabalho. Se vou me ausentar, prefiro chegar mais cedo e deixar algumas massas preparadas. Em especial a dos pães de batata, os mais trabalhosos e entre os mais requisitados.

Quando entro no restaurante, percebo que poucas mesas estão ocupadas. Não é difícil localizar Maria e notar que está acompanhada, apesar de ter imaginado uma conversa descontraída entre nós duas. Em menos de dez minutos sentada ali com ela e Fábio, sinto minha irmã diferente, algo entre distraída e inquieta. Ela se levanta para ir ao banheiro e quando se senta ao retornar consegue de alguma forma puxar a toalha da mesa para baixo, o que — se não fosse pelo Fábio — teria ensopado meu jeans de água. O garçom chega servindo meu copo com um suco que parece ser de uva, o que eu presumo ser um engano. Explico que ainda não pedi nada, mas Maria intervém.

— Eu pedi para você. Sei que adora o suco daqui, a não ser que não queira. Pode pedir para trocar também.

— Não, não. Eu tomo o suco.

— Mas você quer? Deveria ter esperado você chegar.

— Besteira, Maria. Na verdade, foi ótimo. Estou com uma sede imensa.

— Fiz bem então.

Percebo quando o Fábio aperta a mão dela e sorri.

— Está tudo bem? Você parece ansiosa.

— Está sim. Acho que é a fome.

— Vou escolher meu prato então. Vocês já pediram?

— Sim, só falta você.

— Vou pegar o de sempre, fettuccine ao molho pesto.

O garçom deixa a mesa com os pedidos anotados e, enquanto aguardamos a comida, sou interrogada sobre minha situação com o Murilo. Explico que não há mais relacionamento, que nosso último contato foi há mais de um mês e, desde então, não tive notícias dele. O assunto ainda se estende por alguns minutos e depois um silêncio estranho se instala na mesa. Eles se olham e sorriem como se tentassem dizer alguma coisa.

— Tem certeza de que está tudo bem? — pergunto.

— Sim, tudo ótimo. — Maria responde.

— Na verdade, Ana, sua irmã e eu gostaríamos de compartilhar uma novidade.

— Hum. Quanto suspense. Digam logo, por favor.

Fábio lança um olhar para minha irmã sugerindo que ela conte.

— Bom, a gente tem conversado bastante sobre o ponto em que nosso relacionamento chegou e decidimos oficializar.

— Oficializar? Você quer dizer casar?

— Sim. No civil, não queremos nada de festa.

— Maria, que notícia maravilhosa! Estou muito feliz por vocês. Quem diria que a menina contra todos os rituais da sociedade cederia ao maior deles? Você, mais do que ela, está de parabéns, Fábio!

Eu não consigo ficar parada. Levanto e vou abraçar os dois. Peço ao garçom uma garrafa de Chardonnay, esquecendo completamente de que em pouco tempo estaria de volta ao trabalho.

155

— Foi impressão minha ou você estava com medo de contar?

— Talvez um pouco.

— Por quê?

— Não sei. Você terminou um relacionamento há pouco tempo, não queria ser a irmã insensível.

— Eu nem acredito que estou ouvindo isso. — Faço uma careta para ela, e logo me dou conta. — Por que não chamaram o papai? Deveríamos estar comemorando todos juntos.

E então tudo acontece muito rápido. A resposta está ali diante de mim. Ainda estamos rindo quando o garçom chega com o vinho e preenche as três taças. De pé, ergo a minha na intenção de fazer um brinde e percebo a expressão da minha irmã, a hesitação em seu olhar. Nossas taças se tocam, só que, em vez de beber, ela coloca a dela sobre a mesa. Primeiro olha para o Fábio, como num pedido de ajuda. Depois me oferece um sorriso sem graça e, de uma forma silenciosa, tenta me pedir desculpas. Desculpas por estar vivendo o sonho que não vivi. De repente sinto meus joelhos fraquejarem, uma necessidade de sentar.

— Você está grávida?

Talvez ela ainda acredite ser possível adiar aquele momento, porque seus olhos não desviam dos meus e sua boca permanece imóvel num sorriso amargo.

— Maria? Responde.

— Estou.

Maria está grávida. Maria está grávida. Não pense, Ana. Aja.

— Eu não sei o que dizer.

— Que tal parabéns?

— Fábio!

— Não, não. Ele tem razão. Parabéns para o casal! Quantas notícias boas.

156

Eu preciso sair daqui.

Não consigo pensar direito e acabo virando a taça de uma vez. É tudo o que sou capaz de fazer. Eles continuam me observando, como se aguardassem um surto da minha parte, e, apesar do efeito do álcool ser mais rápido do que pressupus, sei que preciso me conter. Preciso mostrar a Maria que ela está errada e que estou bem. Eu superei esse momento da minha vida. Fique feliz. Fique feliz, Ana. Não ouse tirar o sorriso do rosto. Por sua irmã. Esse é o momento dela. Detestei minha versão egoísta e jurei jamais voltar a ser aquela pessoa. Reúno toda a serenidade possível para enfrentar aquela conversa.

— Nana, você está bem?

— Claro. Por que não estaria? Confesso que eu não esperava tantas novidades, mas que incrível. Você merece tudo isso.

Não sei se é obra do universo, mas percebo o garçom se aproximando e explicando que, por algum erro, a cozinha não recebeu o pedido do meu prato. Ele pede desculpas e diz que em menos de vinte minutos estará pronto. Aquela é a deixa perfeita. Justifico minha saída pelo tempo que ainda passaria no trânsito e por uma reunião marcada para dali a uma hora. Se eu esperasse a preparação do prato, iria me atrasar.

— Querida, eu entendo a sua preocupação e sei o que está parecendo, mas garanto a vocês que estou indo porque preciso. Eu estou bem, de verdade. Mais tarde ligo para você. Quero saber de todos os detalhes.

Eu me levanto e me despeço com um abraço e um beijo na testa de cada um dos dois. Então viro as costas e caminho até a calçada. Enquanto procuro pelas chaves do carro na bolsa lembro que acabei de tomar uma taça de vinho. Paro um segundo, respiro fundo e olho ao redor. Na outra ponta do quarteirão, vejo alguns táxis estacionados e começo a andar até eles. Entro no primeiro da fila sem saber qual endereço passar. Peço apenas que siga para Boa Viagem.

Minha cabeça parece estar prestes a pifar. Não consigo esquecer o olhar da minha irmã. Não são as palavras que me atormentam, e sim aquele olhar que denunciou tudo mais rápido do que qualquer sentença. Tenho a sensação de que respirei tanto ar que agora estou a ponto de sufocar com a quantidade de oxigênio em cada célula do meu corpo. Quase como se fosse explodir. Por um segundo, penso em ir para casa, uma ideia que não dura mais do que isso, um segundo. Em casa é mais difícil ter controle sobre minhas ações. Num espaço só meu, onde ninguém pode me ver ou ouvir. Já na confeitaria tenho que me conter. Quando atravessamos a ponte Encanta Moça, o motorista volta a perguntar o endereço e, dessa vez, eu não hesito.

Entro pela porta lateral de acesso aos funcionários e vou direto para a cozinha. Lavo as mãos, visto meu avental, a touca e as luvas, e me instalo numa das bancadas. Antes que eu comece a preparar qualquer brioche, uma das meninas do atendimento avisa sobre o senhor que está me aguardando há pelo menos meia hora numa das mesas do salão. Droga. O fornecedor da Lavazza. Meu primeiro impulso é pedir que ele retorne outro dia, recado que chego a passar para minha funcionária. No entanto, antes que ela atravesse a porta da cozinha, eu a chamo e peço para dizer que já vou. Eu demorei mais tempo do que imaginava para superar a fase da frustração, demorei para acreditar em mim mesma e perceber que isso que faço hoje é o que mais amo fazer, e que não posso deixar a gravidez da Maria ser maior do que o meu negócio. Eu não sou mais essa Ana. Entro no meu escritório e procuro lembrar a técnica de respiração ensinada pela minha irmã. Lembro dela falando alguma coisa sobre ajudar a dominar nossa mente e nossas emoções. Cinco minutos depois, estou pedindo desculpas ao fornecedor e recebendo um catálogo com todas as máquinas disponíveis na minha região. Passamos mais de duas horas conversando sobre os modelos que me interessam, negociando valores e assinando o contrato.

Ao chegar em casa, tudo o que desejo é me sentir intocada, saber que ninguém está vindo. Nenhuma conversa vai acontecer nessa noite. Eu preciso do silêncio, preciso me sentir só. Talvez haja uma exaustão mental que até o momento passou despercebida. Assim que bato a porta atrás de mim, sinto a necessidade de me jogar no sofá, sem luzes ou interruptores, para que meus olhos possam descansar. Adormeço ali mesmo. Não peguei mais no celular desde o início da tarde, e, quando acordo no outro dia, percebo o visor do meu aparelho aceso, indicando que alguém ligou há pouco. A hora ressalta aos meus olhos e levanto num pulo. Já passa das oito. Logo em seguida vejo o que parecia ser o número doze representando a quantidade de vezes que minha irmã tentou entrar em contato. Antes de retornar, mando uma mensagem para uma das meninas para que abra a loja e dê início à produção do dia sem mim. Provavelmente vou me atrasar. Logo em seguida, ligo para Maria e a convido para um café no que costumava ser a nossa padaria de sempre.

Há uma chuva fina nessa manhã de maio. O frio não representa o Recife, e, de forma inesperada, hoje sinto um vento fresco no rosto. Sou a primeira a chegar. Enquanto aguardo, ensaio todas as palavras que ela precisa ouvir. Decido oferecer o máximo de verdade, por respeito ao que sempre foi o nosso relacionamento. Penso em frases objetivas, nada de sentimentalismo. Termino o segundo barquinho de guardanapo quando Maria se senta à minha frente.

— Você me deixou preocupada ontem, quase fui bater na sua porta.

— Desculpa. Eu tive uma reunião bem cansativa depois que saí do restaurante e acabei chegando em casa esgotada. Apaguei no sofá.

— Ainda assim, deveria pelo menos ter me ligado.

— Eu sei, eu sei. Enfim, mais detalhes da gravidez, por favor. Você está de quantas semanas?

— Oito.

— Hum. A barriga ainda não está aparecendo. O papai está sabendo?

— Ana, eu pensei que fôssemos conversar sobre você. Não quer me dizer o que está sentindo?

— É você que tem a novidade e nós vamos conversar sobre mim? Não sou nenhuma criança, Maria. Pare de se preocupar comigo. Eu estou bem, ok? Mais cedo ou mais tarde esse dia iria chegar.

— Tenho quase certeza de que você não contava com isso. Eu nunca sonhei em casar ou formar uma família. Esses sempre foram os seus sonhos.

— E daí? As coisas mudam. Ou você quer que eu sinta raiva de você por estar roubando os meus sonhos? Chega a ser ridículo falar em voz alta, não acha?

— Você não pensa assim, pensa?

— Claro que não. Não acredito que está perguntando isso.

— Eu pensei que teríamos uma conversa honesta e não sinto que é o que estamos tendo agora.

— E o que seria uma conversa honesta? O que quer que eu diga?

— Não sei, Ana. Sinceramente não sei.

— Maria, por muito tempo engravidar foi meu maior desejo, mas não consegui. Preciso seguir em frente. Já aceitei. Se é difícil pra mim? Sim, muito. Mas não tenho outra opção. Acha que vou renegar meu sobrinho ou sobrinha só porque não fui capaz de ter o meu próprio? Eu só tenho um pedido a fazer. Não sinta pena de mim. Se for passar os próximos meses com esse olhar de agora, não vou estar por perto. Minha vida é boa, ok? Não preciso da piedade de ninguém.

Eu não sei nem se eu mesma acredito em tudo o que falo. As palavras vão saindo, sem que eu tenha muito controle. No fim, acho que fiz um bom trabalho.

— Entendido. Só imaginei que receber essa notícia não seria tão fácil para você e talvez quisesse falar com alguém.

— Obrigada, mas preciso aprender a lidar com isso sozinha. Além do mais, o que esperava? Que eu me consolasse com você por estar esperando um filho?

— Não, claro que não. Ana, eu só queria ajudar, ok? Posso não ter pensado direito, mas minha intenção foi apenas de ser seus ouvidos, como sempre.

— Você tem que concordar comigo que dessa vez a situação é diferente. E, por favor, vamos mudar o tom da conversa. Parece que estamos lidando com uma notícia ruim.

— Quer saber? Estou um pouco mais tranquila. De todas as formas que imaginei como seria sua reação, essa é de longe a que eu esperava.

— Obrigada, caso isso tenha sido um elogio.

Passamos quase a manhã inteira ali, conversando sobre tudo da gravidez, desde o primeiro momento em que ela notou o que o atraso na menstruação poderia representar até a constatação do resultado; do dia em que deu a notícia ao Fábio até as últimas conversas sobre os possíveis nomes. Enquanto ela falava, eu revivia as lembranças do dia do aniversário de cinquenta e cinco anos do meu pai, do nervosismo daquela manhã, da euforia do Samuel. E, mesmo depois do resultado, a decisão de iniciar o que teria sido a melhor fase do nosso casamento. Quase consigo sentir mais uma vez a expectativa daquela noite. O sorriso no meu rosto não deixa transparecer a saudade daquele que foi o meu momento.

23

Deixamos o tratamento para meados de janeiro com a intenção de viver o período do Natal de forma mais leve, ao contrário dos últimos três anos. Na noite da véspera, ofereci a ceia em nossa casa, dessa vez sem a presença do Hugo. Samuel ficou chateado quando pedi que não o convidasse. Eu também preferia não ter que fazê-lo, só não via como uma alternativa se a presença dele implicaria a ausência da Maria. Sem dúvida havia uma esperança de que as coisas voltassem a ser como eram, talvez em alguns meses. O próprio Hugo, numa demonstração de bom senso, avisou que iria ficar com a família no interior. Meu pai ficou responsável por trazer os vinhos, dona Ruth se comprometeu com o arroz de passas, a farofa e os queijos e pedi a Maria que comprasse nozes e castanhas portuguesas. Eu encomendei o peru e fiquei responsável por todo o resto. Passei a tarde fazendo a minha própria receita de panetone, além do pudim e do cheesecake de amora. Durante todo o dia, entretida na cozinha e na arrumação da casa, não tive tempo para pensar no futuro que nos aguardava ou no que haviam sido os últimos meses.

Mais tarde, quando todos já tinham ido, percebi como as últimas vinte e quatro horas foram diferentes de tudo o que vínhamos vivendo. Trocamos palavras sem farpas, sorrisos e até carinhos. Uma sensação de tempos de paz me invadia ao fechar os olhos naquela noite.

Recebi a ligação da clínica na primeira semana de fevereiro, me informando que do processo de fertilização no laboratório resultaram três embriões saudáveis. Devido à minha idade, implantamos dois e congelamos o outro. Sentia o corpo inchado e, nos cinco dias seguintes à transferência, passei a maior parte do tempo em casa, em repouso. Meditei bastante e fazia pequenas orações enquanto descansava a mão na altura do útero.

Tirei dez dias de férias, como forma de evitar que minha ausência na editora gerasse qualquer tipo de burburinho. Concentrei a maior parte do meu tempo nas publicações do Malagheta, o que não deixava de ser uma distração para a ansiedade. Samuel prometeu evitar conversas sobre o resultado até que fosse a hora. No primeiro ano, quando começamos a tentar, costumávamos fazer planos, sugerir nomes de menina e de menino, discutir com quais escolas a gente se identificava. Já na época da FIV, esse tipo de assunto estava banido das nossas conversas.

Com o tempo, percebi que dona Ruth parou de falar sobre netos. O Sam jurava não ter contado nada aos pais, talvez não fosse necessário. Paramos com a versão de tentar no ano seguinte, já que as palavras não soavam mais verdadeiras. Nos últimos meses, sorríamos quando questionados e mantínhamos a justificativa de estar aproveitando os primeiros anos do casamento. Verdade seja dita, a sociedade já cumpriu com seu papel de cobrança. Minha fé estava por um triz. Não precisava que sugassem o pouco que restou dela.

No dia do beta, segui a rotina de sempre. Acordei, tomei banho e fiz café. Saí um pouco mais cedo e fui direto ao laboratório, antes de seguir para a Barcelona. Lá, tudo aconteceu muito rápido. Quando recebi o cartão do exame, só enxergava o horário do resultado, três da tarde. Mandei uma mensagem para o Samuel e ele respondeu que daria um jeito de ir buscar comigo. Pedi a Silvia para sair no meio da tarde, não sem antes deixar claro que compensaria nos dias seguintes.

Uma hora não tinha mais sessenta minutos, parecia ocupar uma manhã inteira, um dia. Desde que sentei na cadeira para trabalhar num original bastante promissor, não passei das primeiras três linhas. Não fazia ideia do que estava escrito na minha frente, não conseguia me lembrar do que lera ainda ontem, no capítulo anterior. Sentia o coração bater tão forte que não fazia sentido ninguém estar escutando. Levantei pelo menos cinco vezes na última hora para comer, ir ao banheiro, tomar uma água ou pegar uma xícara de café. E tudo permanecia intocado na minha frente, o bolo, o copo, a xícara. Não havia fome, apenas a sensação de estômago vazio e, ao mesmo tempo, cheio de expectativa. Desejava o colo da minha mãe, a calma que vinha dele. A vontade era de impor ao relógio que trabalhasse mais rápido. E ainda não era meio-dia.

Quando finalmente deixei o escritório para almoçar, perto das duas, liguei para o Sam e ele não atendeu. Meu celular apitou alguns minutos depois e, em vez do nome dele, vi uma mensagem da Maria: Oi Ana. Que horas sai o resultado? Quer companhia? Eu agradeci e confirmei que o Sam iria comigo.

Faltavam trinta minutos para as quinze horas quando meu celular tocou e vi o nome dele no visor. Assim que atendi, percebi que estava em algum lugar barulhento.

— Ana, desculpa, mas não vou conseguir sair agora. Estou numa obra do outro lado da cidade. Tivemos alguns probleminhas aqui e precisei vir contornar a situação.

— Você prometeu que viria comigo. O Hugo não poderia ter resolvido?

— Querida, são problemas estruturais.

— Bom, eu não quero brigar. Estou indo para o laboratório.

— Desculpa mais uma vez. Por favor, me liga assim que estiver com o resultado em mãos.

Levando em consideração minhas duas possíveis reações comecei a avaliar se seria bom ter alguém por perto, se deveria ligar para minha irmã. Estacionei o carro e fiquei por alguns minutos segurando o celular, com um botão entre nós duas. Senti o peito se enchendo em movimentos rápidos e resolvi sair dali, o painel por trás do volante marcando 15h22. E então decidi. Se eu pudesse ter alguns minutos só meus sozinha, independente da reação, euforia ou desespero, seriam os meus minutos.

Entrei no saguão e vi duas mulheres sentadas logo à frente, na primeira fileira de cadeiras cinza-chumbo. Parei embaixo da plaquinha de Entrega de Resultados e aguardei minha vez. Escutava a conversa das duas senhoras, que pareciam ser irmãs, trocando ideias para a próxima excursão da família, divididas entre Garanhuns e Petrolina, e senti inveja do teor daquela conversa, do quão descontraídas elas expressavam suas opiniões. Assim que me chamaram, informei o meu CPF e em menos de um minuto estava com um envelope em mãos e nenhum plano em vista. Não queria abrir ali. Voltei para o carro e a primeira sensação que tive foi uma ânsia de vômito, o estômago parecendo se revirar dentro de mim. Então lembrei que estava a um quarteirão da praia, o sol já baixando. Deixei meu carro e fui andando até o calçadão. Enquanto caminhava, sentia o peso do papel sobrecarregando minha expectativa, quase uma certeza naquele envelope. Antes de pisar na areia, tirei as sapatilhas e as segurei com a mão direita. A esquerda protegia minha bolsa com o que até então era um segredo. Me acomodei num trecho menos movimentado, colocando a bolsa e os sapatos ao meu lado. O celular, eu mantinha desligado. Não sabia de quanto tempo precisaria e não queria receber nenhum tipo de intervenção. Passei os minutos seguintes apenas observando o mar e as pessoas, absorvendo a luz e o barulho das ondas. Fiz uma oração, respirei fundo e puxei o envelope da bolsa. Sentia o vento refrescando a minha nuca, contava o intervalo entre uma onda e outra rebater na areia. Era tão rápido que não chegava a cinco segundos. Eu não tinha pressa. Era como quando, nos anos passados, o dia primeiro de dezembro chegava e, nos vinte e três seguintes, vivíamos a expectativa do Natal. A sensação era quase melhor do que finalmente chegar ao dia vinte e cinco. Enquanto eu estava ali, sem saber o resultado, ainda tinha em minhas mãos uma possibilidade. Contei pelo menos dezoito ondas até resolver ir em frente. Enfim, segurando o papel, eu li cada palavra nele. A princípio, fiquei confusa. Esperava encontrar um termo apenas, positivo ou negativo. Mas havia um número. Dois. Logo abaixo veio a explicação. Valores de referência para gravidez: acima de cinquenta.

As lágrimas não chegaram numa torrente. Aos poucos, uma a uma se solidarizava com a minha dor. Dessa vez, era diferente. Não estávamos mais no plano A ou B. Era o plano C não dando certo. E o que isso queria dizer? Eu tinha certeza de que dessa vez conseguiríamos. Como poderia olhar para o meu marido? Fechei os olhos e apenas senti o vento, seu toque de consolo. Quando os abri novamente, uma menina dos seus três anos passava por mim sorrindo, acompanhada do que parecia ser sua avó. De bochechas cobertas de sardinhas e cabelos castanho-claros, exatamente como um dia imaginei a minha filha. Uma criança que nunca chegaria a ser a Martina. Era uma cena tão cheia de significado e, ao mesmo tempo, cheia de ilusão. Ela deve ter percebido alguma mudança no meu semblante porque tão rápido quanto apareceu, o sorriso se foi. Olhava para trás com uma expressão de curiosidade, de inquietação, como se desejasse sorrir por mim e oferecer o que o mundo havia me roubado.

Naquele momento, eu sabia o que me faltava, controle. Por mais que eu quisesse, por mais que me esforçasse, não havia garantias e nunca haveria. Não era só uma questão financeira, era acima de tudo a necessidade de uma mente sã. E como manter a sanidade quando minha vida passara a ter um único objetivo e a cada dia eu me distanciava mais e mais dele?

Liguei o celular e vi que já eram quase cinco da tarde. Imediatamente apareceram no visor quinze chamadas perdidas, doze do Samuel e três da Maria. Liguei para ele.

— Ana, está tudo bem? Estou te ligando há mais de uma hora.

— Está sim, eu só desliguei o celular.

— A gente não combinou de se falar na hora do resultado?

— Eu sei. Desculpa.

— E então?

Eu tinha a sensação de que a qualquer instante minha voz ia sumir.

— Não deu certo. — O barulho ao seu redor foi diminuindo. — Samuel?

— Oi. Estou aqui.

Percebi que assim como eu ele não sabia o que falar.

— Bom, é isso. Acho melhor você voltar pra obra e a gente conversa em casa.

— Espera, Ana. Como você está? E onde você está agora?

— No carro, indo para casa.

— Queria estar com você. Por que leu o resultado sozinha? — A voz dele começou a falhar. — Desculpa por não ter ido.

— Sam, não faz isso, por favor. Vou desligar, conversamos mais tarde.

Ele me pegou desprevenida. Em todas as vezes que nos deparamos com um resultado negativo, nunca antes ele havia se emocionado. Talvez a nossa expectativa estivesse muito alta em relação ao procedimento. Dessa vez, tinha que dar certo. Estávamos apostando no máximo que a medicina tinha a nos oferecer. Depois dali, não havia mais nada.

Por um segundo, quis me iludir. Talvez eu tenha feito o teste muito cedo. Quem determinou o dia foi a dra. Martha e ela poderia ter errado na conta. Talvez se eu repetisse na próxima semana... Ou então eu poderia ligar para ela e explicar. Quem sabe o negativo só fosse de fato negativo se o número fosse zero? Como uma última tentativa, liguei para ela. "Sinto muito, querida." Foi tudo o que ela disse.

Eu só queria que aquele dia acabasse. Imaginei tantas formas de comemoração, perdi tanto tempo planejando como dar a notícia ao meu pai ou à dona Ruth. Como ela ficaria feliz. Maria seria a tia mais descolada de todas. No fim, nada disso aconteceria. Minhas esperanças nunca foram tão poucas.

Alguns meses antes, eu havia começado uma pesquisa sobre mulheres que conseguiram engravidar por meio da FIV para descobrir qual era a taxa de sucesso logo na primeira vez, e tudo o que consegui concluir era que não havia como chegar a uma resposta certa. O que parecia ser um fator comum era o maior êxito entre as mais novas, abaixo de trinta e cinco anos. Eu estava nessa faixa e, ainda assim, mais uma vez, não fazia parte das estatísticas. Li sobre mulheres que se submeteram mais de dez vezes ao tratamento e não tiveram sucesso.

Quando decidimos pela fertilização, havia uma certeza de que seria preciso apenas uma tentativa e tudo daria certo, tudo voltaria à normalidade. Não chegamos a conversar sobre uma segunda ou terceira vez, ou a definir um número até que fosse melhor desistir. Naquele dia, comecei a me perguntar até onde iria o limite do meu corpo e da minha mente.

Estava entrando na garagem do prédio quando Maria voltou a ligar. Mesmo já imaginando o teor de toda a conversa atendi.

— Ana, por que não retornou? Estava preocupada.

— Imaginei que fosse entender o recado.

— Ah.

— Pois é.

— Onde você está? Posso ir te ver?

— Acho melhor não, Ma. Acabei de chegar em casa e não estive ainda com o Samuel.

— Entendi. Melhor ficarem a sós mesmo. Amanhã a gente se vê então. Te amo.

O Sam chegou pouco tempo depois, só deu tempo de tomar um banho e colocar uma água na chaleira. Eu estava na cozinha quando ouvi a porta bater. Não eram nem seis horas e eu já usava minha camisola mais confortável. Não tive coragem de ir até ele. De repente senti seus braços por trás, e todo o esforço para não me desmanchar foi por água abaixo. Nosso abraço foi forte e ao mesmo tempo cheio de carinho. Eram duas almas desiludidas com o que o presente oferecia e inseguras com o que o futuro reservava. Perdidas, era como se já soubéssemos o que estava por vir.

A exaustão mental tomava conta do nosso corpo, por isso fomos para a cama e lá ficamos deitados, conversando por horas sobre o próximo passo. Se voltaríamos para a clínica logo ou se deveríamos esperar. Discutimos sobre quantas tentativas realizaríamos antes de desistir. O que significaria desistir? Seríamos suficientes um para o outro? Só conseguimos chegar a uma conclusão. A cada tentativa voltaríamos a conversar. E estávamos nos entendendo, até um comentário ser o gatilho para minha impaciência.

— Pelo menos na próxima vez você não vai precisar passar pelo processo todo, só pela transferência dos embriões.

— Verdade. Afinal de contas, essa é a pior parte, não é mesmo?

— Não precisa ser sarcástica.

— Desculpa, mas você não me deu outra alternativa.

— Só disse isso por causa das suas queixas sobre as injeções de hormônio e os efeitos colaterais.

— Eu sei por que disse isso. Está querendo ver o lado bom do nosso fracasso.

— Por que você faz isso, Ana? Eu não quero brigar. Na verdade, esquece o que eu falei antes.

Eu também não queria brigar, por isso saí do quarto e fui procurar algo para comer na cozinha. Quando voltei, ele já dormia.

A sensação que eu tinha era de que, em algum momento, nos esquecemos do porquê de estarmos passando por aquilo tudo, como se estivéssemos no modo automático. Eu sabia que a cada tentativa sem sucesso nos perdíamos um pouco mais. Aquela noite, até antes do comentário infeliz do Samuel, estava sendo uma exceção do que vivemos no último ano. Conversamos mais em três horas do que nos últimos seis meses. Mesmo quando estávamos os dois em casa, eu usava todo o meu tempo para escrever no Malagheta ou assar bolos, enquanto o Sam preferia os jogos e as lutas na televisão. Esquecemos como manter um diálogo, conversávamos apenas o necessário. De repente paramos de perguntar sobre o dia do outro ou como estava o trabalho. Numa manhã, ele apareceu na porta da cozinha e soltou um "tô indo". Virou e logo depois escutei o barulho da porta. Foi então que percebi que não nos beijávamos mais. Quando fora a última vez? Eu não me lembrava.

24

— E por que não sorrir?

— Você tem razão — digo. — Estou sendo chata.

— Não está.

— Só não estou acostumada.

— A me ver sorrindo? Desde quando sou uma pessoa séria?

— Não estou acostumada a vê-la sorrindo à toa quando todos nós sabemos o motivo, que no caso é sua gravidez. Eu esperaria mais uma reação de desespero.

— Aos seis meses de gestação?

— Agora não, mas você parece plena desde o início.

— Talvez há alguns anos eu tivesse reagido de outra forma, mas depois do aborto minhas ideias mudaram. E, sendo do Fábio, não consigo pensar em nenhuma razão que me faria entrar em desespero em vez de simplesmente ficar feliz.

Na varanda da casa do nosso pai, costumamos ter conversas só nossas. Maria, que nunca fala sobre o aborto, o menciona pela primeira vez em cinco anos. O fato de ela usar essa palavra de forma tão natural me faz ver o quanto ela já superou o passado e, ao mesmo tempo, eu me pergunto se já superei o meu. Superar é alcançar um estado de indiferença?

— Adoro essas suas caras. Claramente está com os pensamentos longe daqui. Quer compartilhar?

— Não é nada. Na verdade, estava pensando se você já conversou com o Fábio sobre o que aconteceu.

— Sobre o aborto? Não, nunca chegamos a esse assunto.

— E não deveria partir de você? É só uma opinião.

— Obrigada pela sua opinião, mas não concordo. E, antes que venha com seus argumentos, prefiro falar sobre outra coisa.

Como se o estranhamento entre nós estivesse dando sinais, papai surge por trás da cortina e nos chama para sentar à mesa. O jantar está servido.

— Você convidou quantas pessoas? Pensei que seríamos só nós três. Eu avisei que o Fábio não conseguiria sair cedo da academia, não avisei?

— Minha filha, quando foi a última vez em que as duas estiveram na minha casa com tempo para comer e conversar? Se não me falha a memória, quando recebi a notícia de que seria avô. Não estou certo?

— Está sim, pai. Talvez a Maria só esteja um pouco frustrada por saber que não pode comer muito.

— Pode ser, mas você tem que concordar que houve certo exagero por parte do nosso velho.

— Com ou sem exagero, eu tenho uma novidade para vocês — digo.

— Oba! — Maria responde. — Adoro novidades.

— Então, essa semana a Barcelona entrou em contato comigo para fazer uma oferta.

— De emprego?

— Não. Eles me convidaram para escrever um livro sobre o Malagheta. Na verdade, a intenção é publicar as receitas e as histórias mais marcantes por trás de algumas delas. Por exemplo, os bolinhos de chuva da mamãe e como marcaram a minha infância.

— Que notícia maravilhosa, minha filha! Parabéns. Tenho certeza de que será um sucesso.

— Adorei, Ana! Tudo a ver com você. E você aceitou na hora, não é?

— Com certeza. Eu nunca pensei em publicar um livro, apesar do meu gosto pela leitura e pela escrita. De toda forma, não havia o que pensar.

Ouvindo o tom da minha voz, percebo o quanto aquelas palavras me deixam ansiosa. De uma maneira animadora, é claro.

— Sua mãe ficaria muito feliz. Ultimamente essa família está cheia de boas novas para serem comemoradas.

— Tem outra coisa também. Eu pensei muito e tomei uma decisão. — Quase com uma intenção de suspense, eu paro e tomo um gole de água. — Com a publicação do livro, resolvi encerrar outro ciclo, o próprio Malagheta. Vou fechar o blog.

Ainda sinto um estranhamento presente nessa frase, mas não tenho dúvidas, preciso me desprender de muitas coisas que já não fazem sentido nos meus dias. Fechar o blog é uma certeza, uma necessidade, e fazer o anúncio torna tudo mais real.

— Como assim, Nana? Você ama esse blog.

— Amo, mas já há algum tempo eu venho pensando nisso. Antes eu publicava quase todos os dias, agora consigo escrever no máximo uma vez por semana. A confeitaria toma a maior parte do meu tempo. Eu aceitei escrever o livro como uma espécie de despedida.

— E você está tranquila com essa decisão? — meu pai pergunta. — Quer dizer, parece estar.

— Estou sim. Fico um pouco triste, mas já estou decidida.

— Bom, como sempre, terá todo o meu apoio. Se você acha que é o melhor a ser feito, então não há o que discutir.

— Obrigada, papai.

— O meu também, é claro.

Meu pai tem razão, há tempos não nos reuníamos assim, sem pressa, tão juntos e tão cúmplices. Enquanto a conversa continua, eu sinto uma mistura de passado e futuro, o que fica para trás e o que está por vir. Planos que nunca fiz. Divórcio, demissão, fim do Malagheta. Uma criança que não a minha para a família. A aceitação de que aquele momento não me pertence e provavelmente nunca pertencerá. É uma sensação confusa, de coadjuvante.

Nove anos usando aquele espaço para contação de histórias, nunca apenas para publicar receitas, mas para mostrar o que havia por trás delas. Cada sentimento, sabor e textura. Sem preferências, de tudo ali se encontrava. Do doce ao azedo, do chantilly à pimenta. A malagueta era como um glacê, era o meu amuleto. Quando questionada sobre o porquê daquela escolha, nunca pude dar uma explicação lógica. Ouvi comentários sobre a relação do nome com sorte, prosperidade e proteção, no entanto, não fazia ideia da simbologia ou do significado no mundo místico. Por um bom tempo, o blog foi um lar para mim. Um canto onde eu podia baixar o volume do mundo e só escutar os meus pensamentos. Mas muita coisa havia mudado nos últimos anos.

Lembro de quando ainda era adolescente. Acreditava na inocência e na ingenuidade do controle sobre a vida. Acreditava que planos serviam para dar ordem ao nosso dia, aos anos que se seguem. De forma natural, eu me formei naquilo que escolhi, criei minha própria página, comecei a trabalhar em um meio que fez sentido por muito tempo. Eu me casei e tudo deu certo até o dia em que tomamos uma decisão para a qual não estávamos preparados. E os planos que fizemos não foram feitos para nós.

Enquanto jantamos, sinto o sorriso da minha irmã. Enxergo por trás dos seus olhos o medo que a aterroriza ao se lembrar da criança que terá em seus braços dentro de poucos meses. Saberá responder a todos os seus questionamentos? Será uma boa mãe? Ouço trechos da conversa que ocorre ali diante de mim. Então essa é a próxima etapa? Os medos e questionamentos? Enquanto ela fala, eu seguro sua mão. Um toque para acalentar.

25

O efeito do resultado negativo causou mais danos do que o esperado. Assim que decidimos engravidar, eu não fazia ideia da complexidade do processo todo até chegar ao beta positivo. No terceiro mês, quando revisitei as aulas de biologia do ensino médio, entendi que havia mais fatores envolvidos do que eu me lembrava. Fecundação, ovulação e embrião foram termos que passaram a fazer parte das nossas conversas. Quando os primeiros meses se transformaram num semestre, começamos a nos preocupar com os dias e os horários e a prestar atenção aos sinais. Passei a dormir com um termômetro na mesinha de cabeceira porque o aumento da temperatura era um indicador, e o melhor momento para aferir era assim que eu acordasse, antes de me levantar. Outro sinal era o aumento da minha libido. Consegui identificar algo parecido com isso num mês ou no outro, até que nada se sobressaía além da tensão ou da angústia. Foram quatro anos entre tentativas naturais, induções e, por último, uma FIV ineficaz.

Nos meses que se seguiram, enquanto eu estava em casa, passava a maior parte do tempo na minha biblioteca, na maioria das vezes com a porta trancada. Quando o Samuel tentava entrar, eu justificava que estava escrevendo para o

Malagheta ou no meio de alguma leitura do trabalho. Ele me deixava ali e, em algumas noites, dormia assistindo TV no sofá. De todas as refeições, a única em que conseguíamos estar juntos era o café da manhã. A gente se esbarrava na cozinha enquanto eu tomava uma xícara de café e ele pegava uma pera ou banana na fruteira; o tempo era curto para sentar e comer. Nosso apartamento não era pequeno, no entanto, nos últimos tempos, parecia gigantesco. A verdade: eu não soube lidar com tamanha ineficácia. Éramos duas partes que não se encaixavam, o todo se foi. Ou talvez estivesse lá, ainda que fôssemos incapazes de enxergar.

Numa sexta-feira de junho, antes da segunda tentativa por FIV, passei no trabalho dele com o intuito de convidá-lo para um almoço. Eu só precisaria estar de volta à editora no meio da tarde, pareceu uma boa ideia passar esse tempo fora de casa com ele. Quando cheguei, ele estava em reunião. Resolvi esperar enquanto lia uma novelinha que carregava na bolsa, então comecei a ouvir gargalhadas. A secretária me encarava por cima dos óculos, e, de alguma forma, o desconforto dela passou pra mim. Quando olhei pela persiana, uma mulher jovem estava sentada do outro lado da mesa, conversando com meu marido. Ao me ver, o Samuel acenou e fez sinal para que eu entrasse. Não sei o que me deu, mas acenei de volta, peguei o celular na bolsa, fingi atender uma ligação e saí. Entrei no elevador e não voltei mais. Não quis ficar ali ouvindo o que mais tarde resultaria numa das nossas maiores brigas. Em casa, enquanto o acusava de estar flertando com outras mulheres, eu afundava no que seria meu sonho mais impossível. Ele chamava minha atitude de infantil. Não ouvi praticamente nada do que dizia, só me lembro da raiva que senti, porque eu tinha certeza de que não havia nada de errado comigo ou com o meu corpo. Eu tinha certeza de que a culpa não era minha. Naquele momento, estávamos em lados opostos de uma batalha. Enquanto eu só queria sair dali, ele gritava:

— Aonde você vai? Fala comigo. — Ele, que estava deitado na cama, veio até o patamar da escada enquanto eu descia decidida. — Não percebe o que está fazendo? Para onde nosso casamento está indo? Ana!

Bati a porta atrás de mim e saí para lugar nenhum. Não quis esperar o elevador, empurrei a porta de incêndio e comecei a descer a escada. A cada lance, eu parava por alguns segundos a fim de recuperar o fôlego; não era apenas o esforço físico que consumia o meu ar. Lá pelo terceiro andar, sentei em um dos degraus e fiquei parada, talvez por pouco mais de uma hora. Nunca cheguei à portaria. As palavras do Samuel me causavam dor de cabeça e eu sabia que o remédio, de uma forma ou de outra, não estava em outro lugar a não ser na minha casa.

Às vésperas de setembro, as chuvas no Recife se prolongavam. Minha consulta só estava marcada para as nove. Enquanto aguardava, vi o temporal se transformar em chuvisco, daqueles finos e contínuos, o que indicava um dia de trânsito lento pela cidade, vias alagadas e interditadas, mais carros nas ruas. Da minha janela, observava o engarrafamento tomar forma na rua dos Navegantes. Aparentemente não foram poucos os que optaram por essa rota alternativa como fuga da Via Mangue ou da Domingos Ferreira. Decidi pegar um guarda-chuva e sair a pé. Eram apenas cinco quarteirões e o dia fresco era uma boa ocasião para caminhar. De costume, chegava sempre dez ou vinte minutos antes, a ideia era ficar naquela salinha em silêncio, recolhendo todas as loucuras que fizeram parte dos meus pensamentos na última semana. Aproveitava também o aconchego do abajur de luz amarela, do sofá verde-menta e das tábuas de madeira sob os meus pés. O calor do ambiente e a sensação que ele transmitia já valiam metade do valor da consulta. Desde que o dr. Gutierrez havia transferido meu dia para a quinta-feira, eu esbarrava num senhor de uns setenta anos que exalava seriedade. Eu me perguntava que tipo de problema ele poderia ter para estar ouvindo conselhos de um cara que poderia ser algo entre um filho e um neto, o que me lembrava que em muitos dias a melhor parte de estar ali era apenas falar sem pudor ou medo de ser julgada.

Toda a sensação que a antessala me proporcionava era ampliada ao entrar no consultório, uma grande sala de estar com pequenas estantes de livros espalhadas, onde se via de tudo um pouco. Não só os óbvios, como Freud, Jung ou Clarice, mas Stephen King e Schnitzler. Numa das consultas, descobri *O Livro do Travesseiro* da Sei Shōnagon. O doutor me emprestou depois de eu me perder naquelas páginas por quase metade do nosso tempo.

Normalmente, eu me sentava de costas para um janelão escondido por cortinas de tecido acinzentadas, no canto esquerdo do sofá de dois lugares. Aglomerava todas as almofadas e montava uma espécie de ninho. Minhas costas se encaixavam no conforto do linho e eu me afundava ali. Quando olhar no olho dele era vergonhoso, eu preferia me deitar. Prendia os olhos num ponto fixo do teto e seguia assim até se passarem os cinquenta minutos da consulta. Não era o caso daquele dia. Enquanto eu ainda me decidia se mantinha ou não o cardigã, se pegava um livro de sua coleção para me deitar e ler, ele iniciou a conversa.

— Fico feliz que tenha retornado. Por algumas vezes me peguei pensando em como estaria nesses últimos seis meses.

Eu queria falar, mas não sabia como. Hoje era um daqueles dias em que conversar era necessário e ao mesmo tempo quase impossível. A verdade é que seria muito mais fácil se ele já soubesse de tudo o que acontecera durante aquele tempo em que me ausentei. Eu não precisaria dizer com todas as palavras os fatos e fracassos que me fizeram abandonar as consultas — só debateríamos a partir dali, sem descrições detalhadas ou cenários de brigas e silêncios abismais.

— E então? Como tem passado?

— Acho que bem.

— Pode elaborar um pouco mais?

— Talvez não tão bem. — O sorriso era uma forma de disfarçar o que de fato estava por baixo.

— Quer me contar sobre o processo de fertilização?

— Como o senhor pode ver, a barriga continua do mesmo tamanho, então nada feito.

Descobri com as consultas que, quando algum assunto me deixava nervosa, eu fazia uso de piadas, talvez como uma forma de achar graça na situação em vez de alimentar a autopiedade, ao menos na frente do meu terapeuta.

— Como foi para você receber este resultado negativo? — Ele deu ênfase no "este" porque sabia que eu via de forma otimista a FIV em relação aos outros métodos.

— Mais frustrante do que receber os outros trinta.

— Trinta?

— Bom, sei que é algum número perto disso.

— Acha importante falar em quantidade?

— Desculpa, doutor, já está tudo quantificado na minha cabeça. Quase vinte e cinco tentativas de forma natural, oito induções e uma FIV. Não me tire o prazer de atualizar o meu relatório.

— Você sabe que usar o humor para falar da sua situação é apenas uma forma de tentar tornar mais leve algo que pesa na sua consciência, não sabe? — Ele tirou os óculos e os segurou na mesma mão da caneta.

— O senhor quer dizer que me sinto culpada? Isso é ridículo.

— O peso na consciência nem sempre vem acompanhado da culpa. É simplesmente algo vivo nos seus pensamentos, que incomoda de forma insistente. Não é essa sua percepção? Quantas horas do seu dia você consegue passar sem que isso esteja ressoando no fundo da mente como um alarme?

— Acho que não podemos falar em horas, seria muito e seria mais fácil.

— Então, brincadeiras à parte, como foi para você abrir aquele resultado e ver que mais uma vez não estava grávida?

— Foi a surpresa mais desagradável da minha vida, com direito ao mix de sentimentos mais louco. Raiva de mim pela expectativa que gerei, ódio do mundo por não permitir que eu seja mãe... porque eu sei que vou ser uma mãe incrível. — Eu paro e respiro fundo antes de continuar. — Medo de que talvez eu nunca chegue a ser. E piedade, tive pena de mim e então do Samuel, porque eu sabia como ele ficaria mal.

— Certo. Muita coisa pra gente explorar. — Ele voltou a colocar os óculos e posicionou o bloco de notas sobre o joelho da perna cruzada.

— Com todo o respeito, doutor, eu não estou a fim de falar sobre esses sentimentos.

— Está a fim de falar sobre o quê? Que tal falarmos sobre o Samuel?

Eram tantas coisas a serem ditas, mas nenhuma delas vinha em forma de palavras. Tentei ser o mais sincera possível, e só quando ouvi minha voz percebi o quanto de egoísmo havia ali.

— Vamos colocar dessa forma: eu não sei bem o que o Samuel sente, porque a gente mal se fala. Pelo menos as últimas tentativas foram desastrosas.

— Entendi, mas você deve saber como ele se sentiu em relação ao resultado da FIV, pelo menos.

— Bom, antes de a gente discutir naquela noite, nos falamos ao telefone e ele chorou quando soube. Como ele não é do tipo de pessoa que chora, imagino que tenha ficado mal.

— De fato. E pode me dizer por que vocês discutiram?

— Engraçado você perguntar, porque agora eu não me lembro. Com certeza foi alguma besteira. Sempre é alguma besteira que se transforma em algo muito maior do que qualquer coisa com o que a gente saiba lidar.

Ele escreveu algo no bloco e, quando voltou a falar, me pegou de surpresa.

— Você acredita que ainda se amam?

Eu deveria responder sem pensar. Era apenas sim ou não. Mesmo assim, fiquei olhando um porta-retratos na mesinha de canto ao lado da poltrona do dr. Gutierrez. Nele tinha uma foto de um céu onde parecia que alguém organizara as nuvens num desenho simétrico, e por baixo delas, uma luz rosa em degradê. Era apenas isso, somente o céu.

— Pelo visto ainda não estão prontos para a segunda tentativa.

— Na verdade, será no próximo mês.

26

Chego a Colônia do Sacramento pouco antes das dez da manhã. Da capital argentina até o outro lado do rio da Prata o ferry costuma levar em torno de uma hora. Mais cedo, ao fechar a conta na pousada em Buenos Aires, não tive tempo para o café da manhã. Meu estômago ronca de fome e saio do terminal à procura de algum lugar onde possa comer. Ando dois ou três quarteirões e me vejo em frente a uma casa de chá, que mais tarde descobriria ser uma espécie de parada obrigatória para quem passa pela cidade. Durante minha estadia, volto ainda quatro ou cinco vezes à Lentas Maravillas, ora para apreciar um brunch no gramado, com direito à vista para o rio, ora para um café bem quente numa de suas salas lotadas de edições antigas de García Márquez, Vargas Llosa, Onetti e tantos outros. Numa dessas visitas, saio de lá já no início da noite, depois de uma tarde inteira vasculhando aquelas preciosidades, arriscando alguma leitura com meu espanhol intermediário.

Da casa de chá, saio em busca de um mercado onde eu possa comprar comida e itens de higiene suficientes para as duas semanas seguintes, período em que vou passar no chalé alugado próximo à área rural. Estive naquela cidadezinha há alguns anos com Samuel, numa viagem de dez dias entre o interior do Chile e da Argentina, longe dos pontos turísticos mais óbvios das capitais. Faltando ainda dois dias para o nosso retorno ao Recife conhecemos um casal de brasileiros na noite do tango. Eles falaram sem parar sobre a pequena cidade uruguaia, o que despertou nossa curiosidade, e logo cedo no outro dia estávamos atravessando o rio. A ideia era fazer um bate e volta, no entanto, já no fim da tarde, decidimos alugar um quarto numa pousada próxima ao centro histórico, a Mansion del Virrey, sem dúvida uma das melhores noites da viagem. Na época, não existia preocupação em engravidar, éramos dois turistas conhecendo a cultura local.

Ao me decidir por Colônia, peso todas as lembranças que aquele lugar poderia trazer. Quase desisto da ideia e escolho Bariloche que, na época do verão, deveria estar vazia. O que me faz manter a decisão é um anúncio com a foto de uma cabana próxima à Playa Ferrando, longe do centro da cidade e de qualquer lembrança do passado. Minha intenção ao viajar é me afastar de tudo, ter um tempo só para mim, preciso de espaço e de silêncio. Com três quartos do livro escrito, penso em finalizá-lo aqui. Estou no táxi a caminho do chalé quando recebo a ligação do meu pai, avisando que Maria entrou em trabalho de parto. Eu sabia do risco quando comprei a passagem e, mesmo assim, não mudei a data.

— Onde você está?

— Em Colônia, papai. No Uruguai.

— Você disse Uruguai? Ana, sua irmã está tendo o bebê e você está viajando? — Ele mal respira. — Isso é algum tipo de brincadeira? Diga que é, por favor.

Eu queria estar preparada para aquele momento, porém, por mais que o som da voz do meu pai misturado ao sentimento de culpa mostre que sigo na direção errada, não sou capaz de voltar. Tudo o que faço é pedir ao motorista que pare, o caminho de terra e pedras balança o carro e dificulta a conversa. Abro a porta e desço com o celular na mão, a voz do meu pai ao fundo, meus olhos fechados vendo Maria na cama do hospital, sentindo as dores do parto. Eu respiro fundo e volto a falar.

— Não estou brincando. Diga a Maria que sinto muito e que vou estar rezando para que dê tudo certo.

— Como pôde, Ana?

— Desculpa, pai. Eu ligo mais tarde para saber como foi.

Não tenho coragem de me despedir. Desligo e entro no carro. Não consigo tirar os olhos do celular, absorvendo cada palavra que saiu dele há poucos instantes. Penso em Maria recebendo a notícia pelo meu pai e sinto o estômago revirar. O taxista me encara pelo retrovisor, talvez aguardando uma ordem para que prossiga, e é o que eu faço. Tenho a impressão de que ele me julga, como se soubesse o que significa o fato de eu estar aqui agora, como se ele soubesse que, neste momento, eu deveria estar a quilômetros e quilômetros de distância de Colônia do Sacramento.

Quando volto a ligar, meu pai não se demora ao passar as informações. Conta que a bebê e Maria passam bem, minha sobrinha nasceu sem cabelos e faminta pelo leite da mãe. Ao pedir para falar com Maria, ele só diz que, naquele momento, ela está ocupada com a Eva. Durante o resto da minha estadia em Colônia, não consigo falar com minha irmã, ela está sempre dormindo ou tomando banho ou cuidando da bebê. Recebo fotos e agradeço por estar sozinha. Numa delas, Maria está deitada com a filha no colo, meu pai ao seu lado olha para a neta com um olhar cheio de ternura e realização. Não seguro a vontade de chorar, por emoção ou por inveja, e me permito todo tipo de sentimento naqueles quarenta metros quadrados só meus. Faço isso para que, no meu retorno, eu esteja preparada. Preparada para segurar aquela bebê em meus braços e saber que ela me chamará de tia.

O chalé fica em um condomínio com outras cinco casas. A minha é a mais afastada de todas e eu só vejo pessoas entrando e saindo das duas primeiras, o que aumenta a sensação de privacidade. O ambiente em si é todo integrado, sem paredes delimitando os cômodos. A cozinha com janela para o campo é cheia de eletrodomésticos coloridos, geladeira azul-escura, chaleira laranja e micro-ondas vermelho. Do teto ao piso, a madeira enche os olhos. E, bem no meio da sala, uma cama forrada por um edredom de pluma, que é meu lugar preferido durante as noites quando a temperatura cai para os dezoito graus. A ausência da tv é uma solicitação minha. Pela manhã, tomo uma chuveirada rápida só para despertar, enquanto à noite passo mais de uma hora na banheira vitoriana. De olhos fechados, quase durmo em meio ao silêncio. Deixo as preocupações, uma a uma, desfazerem-se no seu tempo, até que não reste nada. Tudo o que há é o meu corpo banhando-se naquele espaço.

Crio uma rotina para esses dias, dando prioridade ao avanço na minha escrita. Levo uma pasta com cada receita e artigo selecionados diretamente do blog a serem publicados no livro. Tudo o que preciso fazer é organizar e revisar, deixar numa ordem que mostre o quanto de mim está ali e o quanto de minha mãe está em mim. A ideia do livro nunca foi um desejo ou uma meta; escrever no blog começou como um hobby até virar compromisso, sem nunca deixar de ser prazeroso. Avaliar originais, fazer reuniões com autores, negociar direitos autorais, esse era o meu trabalho. E, agora, cuidar da confeitaria. O Malagheta não. Ele é uma espécie de diário, com acesso livre a todos que queiram ler.

Acordo por volta das sete para às oito estar em frente ao computador. Consigo manter meu rendimento em média por quatro horas, sem intervalos, até que a cabeça vai longe, lá no Brasil, ou só até o Farol de Colônia. Numa dessas distrações, fecho a tela e saio caminhando. Do chalé ao centro demoro em torno de meia hora, sento-me no primeiro bar que vejo e peço dois copos de suco de laranja, um terceiro só com gelo. O dia está quente e a caminhada deixa minha camiseta ensopada, a tornozeleira gruda na pele. Enquanto aguardo o meu pedido, checo o celular, talvez na esperança de encontrar alguma mensagem do meu pai. Em vez disso, me deparo com a mesma imagem do dia anterior, como se a internet falhasse e impedisse uma atualização na minha caixa de e-mails. Percebo que o contato diminui enquanto a mágoa por parte dos dois parece aumentar. Não penso em retornar mais cedo, por isso o que me resta é lidar com o que está diante de mim, as páginas em branco e o prazo que me dou.

Resolvo tirar o resto do dia. Essa ausência de mensagens afetará, mais do que eu gostaria, minha produtividade. Colônia não é uma cidade de pontos turísticos monumentais, é uma localidade a ser admirada pelas suas ruas de pedras, pelas casas antigas e seus lampiões, os carros de quase cem anos estacionados ao longo das calçadas. Fico pouco mais de duas horas andando pelo centro, entrando e saindo pelas ruas, quando me vejo em frente à Mansion del Virrey. Paro diante da entrada e lá está o piso xadrez em preto e branco. Nós falamos sobre um dia usar aquele mesmo desenho no chão da nossa cozinha. Então eu ouço uma voz pedindo licença e outra solicitando que eu entre, é a hora do chá no restaurante. Reconheço o garçom e por um segundo temo que ele me reconheça e perceba a ausência de companhia. Mas o sorriso simpático não parece ser um privilégio meu, ele atende todas as mesas com os mesmos gestos.

De lá sigo para o Farol. Alguma força parece me afastar da cabana, como se soubesse que aquele não seria um bom dia para estar sozinha. Subo a escadaria em caracol e logo chego ao topo. Não há mais ninguém. Lá embaixo, um senhor apara a grama, enquanto alguns turistas tentam fazer fotos próximos às ruínas que cercam o farol. Dou a volta e percebo que é possível enxergar alguns prédios de Buenos Aires do outro lado do rio. Um casal surge ao meu lado e julgo ser mais conveniente deixar o espaço só para eles. Estou prestes a chamar um táxi quando vejo as bicicletas estacionadas no meio-fio. A menina, dos seus treze ou catorze anos, deve ter percebido meu interesse, pois faz uma oferta de duas horas por cinquenta pesos uruguaios. A princípio, penso em agradecer e retornar para a cabana, mas então me lembro da foto que vi num anúncio pouco antes de viajar. Logo acima da areia da praia, um caminho de asfalto envolto por árvores carregadas de algum fruto desconhecido. O local chamou minha atenção e por isso decido ir em busca da paz daquele bairro fora do circuito turístico.

O sol de mais cedo parece se esconder por trás das nuvens e dar lugar a um vento torto que dobra as ruas. Pedalo por algum tempo até encontrar o lugar que procuro. Ao chegar lá, não vejo muitas pessoas. Retiro as rasteiras dos pés e vou em busca do contato com a areia. Deito a bicicleta ao meu lado e me sento. Enquanto fico ali contando as ondas, recordo o dia do resultado da primeira fertilização, do quanto orei por um beta positivo antes de abrir o envelope. Depois de tanto tempo, ele me vem à mente. Onde estará? Será que se casou de novo? Não tenho mais notícias e talvez seja melhor assim. Não sei quanto tempo se passa, já é fim de tarde e não parece haver mais ninguém por perto. Lembro do horário combinado com a menina, talvez fosse preciso dar um pouco mais do que os cinquenta pesos.

Quando acordo na manhã do meu retorno, a preguiça me faz permanecer deitada. Fecho os olhos e agradeço por aqueles dias. Não concluí todos os capítulos, acredito que mais uma semana no escritório seja o suficiente. A cama de casal de tamanho padrão parece grande demais para mim. Talvez por não conseguir dormir no meio o espaço ao meu lado se faz evidente e o travesseiro intacto começa a incomodar. Eu me enrolo no edredom de algodão e tento dormir mais um pouco; combinei com o motorista só às onze e a mala já está arrumada. Ao fechar os olhos, a lembrança de que em pouco tempo terei de lidar com minha família cria uma ansiedade grande demais para permitir que eu volte a descansar. Não falo com Maria há mais de quinze dias e sei que o reencontro não será fácil.

27

Na manhã daquela quarta-feira, passei a maior parte do tempo entre reuniões. Nos primeiros horários, recebi dois dos autores novos da casa com o intuito de discutir revisão e projeto gráfico de seus romances; depois estive com a equipe de marketing revendo os planos dos próximos lançamentos. Meu trabalho ajudava a não sentir o tempo.

Estava a caminho da última reunião, quando ouvi o toque do celular em cima da mesa. Voltei para checar o identificador de chamada e reconheci o número da clínica, Samuel e eu estávamos passando pela quinta FIV. Nos últimos vinte meses, fizemos quatro transferências, sem sucesso. Pressupus que a ligação fosse para informar quantos embriões resultaram da fertilização no laboratório. Levando em consideração as anteriores, nosso número mágico ficava em torno de dois, ambos implantados.

Eu poderia responder à ligação mais tarde.

Essa etapa não me preocupava, era algo que fazia parte do processo e não trazia nenhum receio. A ansiedade vinha nos dias que antecediam o beta, quando minhas noites de sono ficavam comprometidas, meu temperamento se transformava e eu perdia todo o senso de humor.

Das outras vezes, eu havia falado com uma tal de Sara.

Passei a simpatizar com ela, que sempre fazia algum comentário encorajador, sem ser inconveniente. Naquele dia, a atendente do outro lado da linha se identificou como Roberta. Roberta ligou para me dizer que infelizmente o procedimento no laboratório não fora bem-sucedido. Quando ela terminou de falar, pedi que fosse direta e me informasse apenas o número.

— Não conseguimos identificar embriões aptos para a implantação, senhora. Sinto muito.

Foi inesperado ouvir aquelas palavras. A voz não era nada parecida com a da Sara, era cruel. Em nenhum momento me informaram sobre essa possibilidade. Eu queria gritar com ela, como se houvesse me vendido um produto com defeito. A questão era que, além de não conseguir emitir nenhum som, o defeito estava no produto ofertado por mim a eles.

Eu estava na minha sala, de portas fechadas, sentada na cadeira em frente à minha mesa. Sabia que em breve alguém apareceria. Senti o choro vindo ao mesmo tempo que o ar faltava. Precisava me controlar. Foi quando senti as mãos da minha assistente tocando meu braço e falando alguma coisa muito difícil de compreender; tudo o que conseguia ouvir era uma espécie de zumbido dentro da cabeça.

— Ana, o que houve? Está tudo bem?

Ela parecia estar falando comigo, porque seus lábios se moviam, e pelo seu olhar ela aguardava uma resposta. Era impossível ouvir qualquer palavra devido à barulheira nos meus ouvidos.

— Ana?

Sentada com as mãos no joelho, respirava como Maria ensinou nas aulas de yoga. Três segundos inspirando, três segurando e seis soltando o ar. Minha assistente me olhava como se eu estivesse passando mal. Depois de algum tempo, consegui falar num tom de voz baixo.

— Estou bem, de verdade.

— Quer que eu traga um copo d'água?

— Você faria isso por mim?

— Claro, já volto.

Eu não a esperei. Avistei minha bolsa na estante por trás da cadeira, pendurei-a no ombro e saí de lá sem avisar ninguém. Andei o mais rápido que pude, um pouco de velocidade e estaria correndo. A verdade era que eu não fazia ideia se teria condições de dirigir, eu só precisava sair dali. Sentia a iminência de uma explosão de tudo o que estava guardado. Do lado de fora, parei próxima ao meu carro, estacionado a pouco mais de uma quadra da editora. Precisava respirar. A rua sem comércio era uma das poucas que ainda restava em Boa Viagem, apenas construções residenciais, um quarteirão inteiro sem obras ou edifícios de trinta andares. Ninguém passava por ali naquela hora. Até onde eu podia enxergar, nenhum olhar voltava-se para mim. Entrei no carro e me entreguei.

Urrei a dor do que estava fora do meu controle. Da frustração, da raiva, da entrega. Eu sabia que tinha atingido meu limite, que dali não passava. O que ouvira há poucos minutos era uma sentença de que não seria mãe.

Mais tarde, quando cheguei em casa, não soube como repassar a notícia ao Samuel. Encontrei-o deitado no sofá, a TV ligada no canal de lutas que eu tanto detestava. Ele aproveitava minha ausência para assistir sem ter que ouvir reclamações.

Devo ter passado pelo menos uma hora dentro do carro emanando minha raiva pelo universo. Quando consegui o controle das minhas emoções de volta, fiz o possível para me recompor, prendi meu cabelo e limpei meus olhos. Dirigi sem saber exatamente aonde ia, até que avistei a portinha de uma cafeteria de duas mesas. Seria improvável encontrar rostos conhecidos naquele lugar, já que era a primeira vez que eu o notava; o que me atraiu foi a localização discreta e a iluminação de quadros coloridos nas paredes, lembrando as lanchonetes que costumávamos ver nos filmes de antigamente. Tomei três xícaras pequenas de espresso durante as quatro horas em que fiquei ali. Pensei em pedir um croissant, o problema era a falta de fome. Boa parte do tempo passei conversando com o único atendente, que mais tarde descobri ser o dono. Entrei com a vontade de estar sozinha, como forma de me dar um tempo antes de falar com alguém sobre o que seria minha vida depois daquela notícia. Quando o Alberto — esse era seu nome — começou a me contar da decisão de abrir uma cafeteria e de como eram os seus dias, agradeci por aquela distração. Por quatro horas, eu pude direcionar minha atenção para fora de mim e fiz uma nota mental de um possível artigo no futuro, sobre dar uma chance a pequenos estabelecimentos.

Conviver com uma pessoa por muito tempo permite que ela sinta o que se passa dentro de nós antes que seja dito. O Samuel não sabia da ligação, no entanto, nenhuma maquiagem seria capaz de disfarçar os olhos avermelhados, levemente inchados, ainda que eu tenha lavado o rosto pelo menos três vezes antes de deixar a cafeteria. Ele não sabia o motivo, mas assim que olhou para mim, percebeu que eu estava prestes a desabar.

Por uma noite, a distância e a falta de diálogo que habitavam nossa casa deram uma trégua. Foram-se embora e deixaram espaço para que nos enxergássemos e nos entendêssemos depois de tanto tempo.

Enquanto estive no carro, treinei algumas centenas de vezes como contaria ao Sam. Nada do que planejei falar saiu da minha boca naquela noite. Quando eu o vi, andei devagar até o sofá e me sentei ao seu lado, recostando a cabeça no seu peito.

— Respira e depois fala. Seja o que for, a gente vai resolver juntos.

Com uma mão, levantou meu rosto. Com a outra, segurou firme as minhas, que pareciam de gelo.

Ouvir aquelas palavras só prolongou mais o choro. Ele não entendia.

— Pode chorar, Ana. Eu espero você estar pronta.

Precisei de alguns minutos até ter serenidade suficiente para me acalmar.

— Acabou, Samuel. Pra mim não dá mais.

— O que não dá mais?

— Todas essas fivs. Estou esgotada.

— Eu te entendo, querida. Mas vamos aguardar o resultado.

— Eu já sei o resultado.

— Como assim?

— A clínica me ligou. Não tivemos nenhum embrião viável para implantar.

— Ah.

— Ficou sem palavras, não é? Eu também.

— A gente pode tentar de novo.

— Não, pra mim deu.

— Quer saber? Vamos deixar para ter essa conversa depois. Agora você vai subir e tomar um banho enquanto eu preparo uma sopa pra gente. Está bem?

Assenti e me levantei. Não tinha forças para debater com ele algo que já estava decidido, não importava o que ele pensasse.

Depois de uma ducha longa e morna, vesti um pijama e

196

desci. A mesa estava posta, a sala iluminada apenas por uma luminária de chão, e na TV um filme da década de 1990 com a Meg Ryan e o Tom Hanks, daqueles água com açúcar, sem qualquer drama que chegasse a nos afetar. Era um dos meus preferidos. Ele ainda se lembrava. Nesses oito anos, nunca assistimos juntos. Devo ter feito algum comentário uma ou duas vezes, e esse afago que ele fazia por meio de gestos despertou um pouco do sentimento que eu não sabia mais expor. Por algumas horas, conseguimos reaver o que um dia foi o nosso normal, ainda que eu me sentisse especial como na noite do nosso casamento.

Aquele outubro foi diferente. A distância diminuiu e as conversas aumentaram. Em casa, passávamos a maior parte do tempo juntos, exceto pelos momentos em que eu precisava me dedicar ao Malagheta. Encontramos uma conexão há muito tempo perdida. Talvez fosse uma espécie de solidariedade mútua, já que não compartilhávamos mais nada com ninguém sobre todos os processos seguintes ao primeiro. Talvez por medo de voltar ao ponto em que chegamos nos últimos tempos, assuntos que traziam qualquer risco eram evitados. E isso é o que faríamos até quando fosse possível.

28

Ouço a campainha e demoro em torno de três a quatro segundos para me dirigir à porta. Quando a abro, fico decepcionada ao ver apenas meu pai do lado de fora — combinamos que ele levaria Maria para que eu pudesse me desculpar. Agora vejo o quanto fui ingênua. Ela jamais viria até a minha casa depois do que fiz. Ele passa por mim e quando me viro, já está acomodado no sofá.

— Você pode se sentar, por favor? Precisamos conversar.

— Por que eu tenho a sensação de que caí numa emboscada?

— Não sei o que quer dizer. Agora escute.

Meu pai é uma mistura de frieza com seriedade, poucas vezes o vi com o rosto tão fechado. Foi sua postura que denunciou que aquela não seria uma conversa fácil. Eu me sento no outro sofá, na sua diagonal, e aguardo.

— Quando você perdeu sua mãe aos doze anos, senti pena de você. Eu pensei: "O que será dessa menina daqui em diante?". Mas você me provou que era mais forte do que eu pensava. Você passou por todas as fases do fim da infância até a juventude sem me dar muitos problemas. E até então não me deu nenhuma grande decepção. Até o dia do parto da sua irmã. Como teve coragem de viajar na época em que ela teve a Eva?

— Pai...

— Não me interrompa.

Eu me recosto e continuo a ouvir enquanto sinto meus batimentos acelerando dentro do peito.

— Entenda uma coisa, Ana. O fato de você ter um problema não te torna uma vítima. Se você tem um problema, aprenda a lidar com ele.

E então ele disse algo que eu jamais poderia esperar.

— Você pode nunca ser mãe. E isso é algo com o que você vai ter que lidar. Como, eu não sei. Só sei que enquanto eu estiver por aqui, vou ser sua força, se necessário. Mas isso não lhe dá o direito de virar as costas para sua irmã. Nunca mais seja egoísta a ponto de passar por cima da sua própria família.

Ele deve ter percebido que eu estava prestes a desmoronar porque, nesse momento, se sentou ao meu lado e me abraçou. Deu um beijo em minha cabeça e concluiu.

— Você é mais forte do que pensa. Não precisa fugir.

Antes de sair, ele me promete que ajudará na nossa reconciliação. Entendo que Maria está mais magoada do que eu imaginava e sinto toda a culpa que deveria ter me motivado semanas atrás a pegar o primeiro avião assim que recebi a ligação do meu pai. Assim que fecho a porta, desmorono. Meus ombros sentem o peso de cada palavra pronunciada por ele há poucos minutos e de toda a mágoa que gerei em minha irmã.

Enquanto aguardo o elevador chegar ao quarto andar, os quinze segundos habituais confundem-se com minutos eternos de espera. Só quero acabar logo com isso. Eu me sinto como a adolescente que volta da festa às cinco da manhã, receosa da mãe que estará aguardando na sala com o discurso pronto na ponta da língua. Em vez da dona Sônia, encontro Maria sentada no sofá de couro encardido do meu pai. Nos braços, ela segura minha sobrinha, Eva, que se alimenta do leite materno. A cena toda, não fosse a tensão do momento, seria de um encontro emocionante, cheio de abraços e palavras dóceis. Passei os últimos dias me preparando para mais do que pedir desculpas, para viver a maternidade da minha irmã. Ter nos meus braços um bebê que fará parte do resto da minha vida, sem que seja meu.

Ao notar minha chegada, percebo a surpresa em seus olhos, e ela procura por nosso pai como quem deseja expor seus protestos. Seu olhar demonstra mais do que mágoa, decepção.

Trago uma pequena sacola de papel com um vestido amarelo de trinta centímetros dentro. No meio dele, um desenho de cerejas, as frutas preferidas da Maria. Sem saber para onde me dirigir, fico parada sob o portal, aguardando alguma orientação. A bebezinha então solta o seio da minha irmã e vira o rosto pra mim. Assim que seus olhos voltam para a mãe, nem um minuto se passa e ela já está dormindo. Maria encosta o dedo no seu nariz num gesto de carinho e beija sua testa. Eu preciso me conter diante de tamanha demonstração de amor, minha vontade é correr até elas e dizer o quanto quero fazer parte desses momentos. Mas respeito o espaço dela e me mantenho imóvel. Hoje a distância que nos separa é muito maior do que os quatro metros entre o sofá e a porta. Ela precisa de tempo para me aceitar tão perto e eu o dou a ela. Antes de pedir que eu entre, meu pai se aproxima e me abraça, e sinto nesse gesto o perdão por minha covardia. Acabo me dirigindo para a cadeira de balanço, do outro lado de onde Maria está, e, com a mesa de centro nos separando, espero por algum sermão. Ou por qualquer palavra que seja.

Ela permanece com o rosto abaixado, encarando a própria filha, numa tentativa de impedir que eu a veja chorando. Tenho tanto a dizer. Penso em explicar todas as minhas motivações, até entender que qualquer justificativa seria mal recebida. Resolvo então dizer a única coisa que ela precisa ouvir.

— Desculpa, Maria. Perdoa o meu egoísmo.

Em vez de dizer qualquer coisa, ela se levanta e vai até nosso pai, entrega minha sobrinha a ele e sai em direção ao banheiro. Eu não reajo, não sei o que fazer.

— Dê um tempo a ela.

Meu choro vem sem controle. Sinto que naquele momento sou uma criança, arrependida de ter desobedecido a mãe, despreparada para seu olhar de decepção. Quando ela volta, senta na mesa de centro, de frente para mim.

— Sabe o que é pior? Eu quero te perdoar. Só não sei como fazer isso.

— Eu sinto muito, Maria.

— Agora não dá.

Ela vai até nosso pai mais uma vez, pega a filha do colo dele e, depois de um beijo, ela se despede. Só a escuto dizer mais uma vez:

— Agora não dá.

Em poucos segundos, tudo o que fica é o silêncio. Encaro a porta sem acreditar no que acabou de acontecer. Espero que ela volte, mas tudo permanece no mesmo lugar. Nada se move. Exceto meu pai, que algum tempo depois vem me oferecer seu colo.

O lançamento do livro acontece numa das livrarias mais antigas do Recife, a Livraria da Praça, dois meses depois do meu retorno. Desde que nos mudamos para Pernambuco, quando eu tinha meus treze anos, frequento o endereço no bairro de Casa Forte. Lembro de passar tardes inteiras de sábado ali, assim que chegamos à capital. Na época, um dos funcionários de meu pai deu a dica da praça como passeio ideal de fim de semana para nós três. E, desde a primeira vez, notei a construção do século xix, com seus janelões marrons, sobressaindo-se em meio à parede bege do outro lado da rua. No dia em que fomos conhecer a praça, eu fiquei tão empolgada quando vi a casa e li a palavra "livraria" logo acima do portão de ferro, que corri sem pensar e não avisei a ninguém. Quando meu pai me achou, pouco mais de uma hora depois, sentada numa das saletas, seu instinto foi me abraçar e chorar sem controle. Naquela noite, recebi um castigo de um mês sem voltar ali e sem contato com meus livros. Passados alguns dias, Maria me falou sobre o medo que nosso pai teve de, logo depois da morte da nossa mãe, ter me perdido também.

A editora sugere que eu selecione uma ou duas páginas e faça uma leitura ao público. Escolho justo a primeira e a segunda, onde eu detalho quando todo o meu gosto pela culinária, em especial a doce, começou. Reservo um capítulo inteiro à narrativa dos momentos na cozinha ao lado de minha mãe de quase seis anos de aprendizado. Na hora marcada, meu estômago dói de ansiedade, minha expectativa não era reunir mais do que vinte ou trinta pessoas, e nessa tarde conto quase cem circulando pela livraria e pelo jardim. Meu lugar sempre foi nos bastidores, na preparação e produção, sem contato direto com o leitor. Peço à editora que faça daquele um evento informal, quase como uma conversa na sala da minha casa, e eles me colocam num sofá de dois lugares junto a uma mesinha com café e biscoitos que eu trouxe da confeitaria. Espalham tapetes logo à minha frente e distribuem cadeiras para aqueles que não se sentem confortáveis no chão. Tenho pavor de falar ao microfone, o que nesse dia é indispensável devido à quantidade de pessoas no ambiente. Noto a presença de alguns dos donos de restaurantes e cafeterias que já apareceram no blog e de todos os meus amigos da editora, inclusive a Inês. Não pergunto pelo Murilo nem o vejo entre os convidados. Em meio à leitura que vem a seguir, procuro por um rosto com quem sinto uma vontade de compartilhar esse momento.

Encerro minha fala comentando o fim do blog e o quanto a rotina de pesquisa e preparação de artigos já me faz falta. Maria aparece assim que pronuncio as últimas palavras. Eu deveria começar a responder às perguntas do público. Em vez disso, vou até ela e a abraço. A gente chora juntas e, logo em seguida, o Fábio aparece com minha sobrinha nos braços. Ele me oferece a bebê e, em poucos segundos, sou invadida por um amor diferente de tudo o que já senti. Quase uma hora depois, volto ao meu lugar no sofá e ouço todas as perguntas e os comentários, realizada em plenitude.

Mais tarde, quando chego em casa, tomo um banho e vou direto para a cama. Meus pensamentos não se desligam e eu não consigo dormir, tenho a sensação de estar fazendo um balanço entre tudo o que passou e o que ficou na minha vida. Quando percebo, o dia está amanhecendo e eu me levanto com uma sensação de leveza. Organizo todas as minhas coisas, troco a roupa e vou tomar café na confeitaria.

29

Nas três semanas que se seguiram à ligação do laboratório, vivemos dias de paz. Nossos momentos voltaram a ter diálogo. No café da manhã, nos minutos antes de dormir, nos passeios que fazíamos aos fins de semana para diminuir o tempo em casa. Falávamos sobre qualquer coisa que não estivesse relacionada a gravidez, métodos de reprodução, bebês e todos aqueles termos que sobrecarregaram nosso vocabulário nos últimos anos. A quinta tentativa foi a mais difícil de todas, a interrupção abrupta do processo, o direito ao resultado que nos foi negado. Ela precisava desse intervalo. Talvez só no próximo ano estivesse disposta a nos dar mais uma chance.

Três semanas. Foi o tempo exato que durou a trégua do nosso silêncio. Depois disso, foi praticamente um retrocesso ao ponto em que paramos antes de ela receber aquela ligação. Eu buscava uma brecha para falarmos sobre a nova FIV, enquanto ela evitava toda conversa que pudesse chegar a esse assunto, como se pressentisse o que viria. Quando comentei sobre a nova escola do bairro, tive a certeza de que os tempos de paz chegavam ao fim.

— Ana? Você ouviu?

— O quê?

— O que acabei de falar, sobre a escola.

— Que escola?

— Acho que o nome é Vila da Criança. Vai ficar a três ou quatro quarteirões daqui. — Enquanto eu falava, ela não tirava os olhos do livro. Isso me irritava. — Parece que é de Minas.

— Hum.

— Você está prestando atenção? Pelo menos está escutando?

— O que quer que eu diga? Não sei nem por que está falando sobre isso.

— Esquece.

— Ótimo. — Ela fechou o livro e se levantou. — Vou ler na biblioteca.

Dali em diante, tudo piorou. Ela voltou a preferir os cômodos onde eu não estava, negava todos os convites para ir ao cinema ou jantar nos restaurantes que costumávamos ir quando ainda vivíamos como um casal. Alegava cansaço ou simplesmente dizia que não estava a fim. Pedi à Maria que tentasse conversar com a Ana, mas quando ela entendeu que eu havia procurado sua irmã para falar de nossos problemas, gritou palavrões que nunca antes estiveram em sua boca. Eu a estava perdendo mais uma vez. Ela passou a chegar em casa depois das nove da noite e eu suspeitava que não era por quantidade de trabalho na editora. Ainda que não conversássemos mais, eu tinha certeza de que a ideia da maternidade não deixava de habitar seus pensamentos. Aguardava uma fase de calmaria com o intuito de propor uma nova tentativa, mas, ao contrário do que eu esperava, o que via tomando forma era uma tempestade de grandes proporções.

Foi em meio a um jantar de comemoração de mais uma expansão da empresa que tudo o que vinha se acumulando dentro dela explodiu. Estávamos em oito, com Maria, nossos pais e Hugo com a esposa, Beca. Aquele foi o primeiro encontro deles desde o episódio do aborto e apenas nós, que sabíamos do acontecido, percebemos o clima estranho entre os dois. Quase três anos nos separavam daquela data. Eu soube poucos dias atrás sobre a gravidez da Beca, e não fazia ideia de como a notícia repercutiria para Maria. Tudo o que eu sabia era que aquela não era a ocasião certa para tornar a novidade conhecida de todos. O problema foi que, de alguma forma, minha mãe ficou sabendo e resolveu parabenizar o casal durante o jantar. Eu estava conversando com seu Humberto e parei no segundo em que ouvi as palavras. Durante o momento de silêncio que se seguiu, tive tempo suficiente para notar a expressão de surpresa que se formou no rosto da Ana e da Maria também. A cena não fazia sentido diante do contexto. A Beca e o Hugo agradeceram, quase culpados, ao mesmo tempo que recebiam os parabéns do meu pai e do pai da Ana. Eu queria segurar sua mão, mas Ana apertava o guardanapo com o que parecia ser uma vontade de abrir um buraco no tecido. Quando notou meu olhar, baixou as mãos numa tentativa de não deixar que ninguém mais percebesse. Ela sorria e eu me perguntava o tamanho do esforço que precisava fazer. Então meu sogro entoou um brinde a todos os futuros netos e minha mãe, que nunca mais havia tocado no assunto, resolveu, naquela noite, soltar o pior comentário possível.

— Que vocês dois sejam exemplo para a Ana e o Samuel.

Minha esposa olhou pra mim e acho que, naquele momento, decidiu que não se importava mais.

— Se quer tanto um neto, peça a Deus, a Buda, a qualquer instituição espiritual. Quem sabe dê certo? — Suas mãos tremiam, ela estava prestes a cair no choro. Empurrou a cadeira com tanta força que tive certeza de ter arranhado o piso. Levantou e subiu para o nosso quarto.

Eu pedi licença a todos e fui atrás dela. Encontrei a porta trancada e não quis voltar lá para baixo, onde teria que lidar com meus pais ou com seu Humberto. Fiquei sentado ali no corredor, até que Maria apareceu do meu lado uns vinte minutos depois e avisou que todos já haviam ido embora.

— Ela não me deixa entrar. Acho que não vai abrir.

— Quer que eu tente falar com ela?

— Melhor não.

— Caso queira descansar, o sofá está livre.

— Boa ideia. Obrigado.

Acompanhei Maria até a sala e nos despedimos. Prometeu ligar no outro dia. Passei o resto da noite acordado, com a TV ligada, preocupado com a conversa que viria no dia seguinte e com o que eu diria aos meus pais quando pedissem uma justificativa para a reação da Ana.

Menos de um mês depois do jantar, a Beca perdeu o bebê e a Ana passou a se culpar, dizendo que sua inveja causara aquilo à amiga. Alguns dias depois da notícia, pensei em convidar o casal para um almoço, mas minha esposa não aceitou por vergonha de olhar nos olhos da Beca. Começamos a nos afastar de qualquer resquício de uma vida social. Passei a frequentar a casa de meus pais sozinho e a Ana continuava a evitar qualquer encontro com o próprio pai.

Os dias voltaram a ser quentes. Estávamos a um mês do verão e tudo o que eu desejava era uma viagem para o sul do país no próximo inverno. Sentir o vento frio no rosto, usar dois ou três agasalhos, tomar uma xícara grande de chocolate quente. Sair daqui e passar um tempo num lugar diferente, onde não encontraríamos rostos conhecidos. Uma dúvida me atormentava. O Samuel me acompanharia? Ele entenderia a decisão que tomei por nós dois? Todos os dias dos últimos cinco anos soaram repetitivos. Resumiam-se em acordar imaginando em que futuro estaria o nosso filho e dormir rezando para que esse dia estivesse próximo. Essa frequência me cansou. A cada tentativa, tomávamos fôlego para viver os dias de expectativa que nos aguardavam. E a cada fim de ciclo nenhum respiro de alívio. Em alguns momentos, acreditei em destino, por ter certeza de que um dia haveria vida dentro do meu ventre. Em outros, fui descrente quanto a um futuro traçado. Toda essa falta de controle sobre o que passei a desejar com tanta força me fez cética quanto ao que as leis da natureza reservavam para nós dois.

Não bastasse a frustração da última tentativa, o jantar com nossos pais e a perda do bebê da Beca e do Hugo, minha relação com o Samuel alcançava um novo patamar. Passamos a lidar com territórios perigosos dentro da nossa fala. Eu nunca pedi, ele simplesmente compreendeu por conta própria. Por algumas vezes, cheguei a sentir uma espécie de traição da minha parte, mas deixei para falar com o dr. Gutierrez sobre as camadas mais profundas, onde todas as feridas estavam abertas. Com o Samuel e todo o resto.

— Volta cedo hoje?

— Acho que não. Tenho um lançamento na próxima semana. Muita coisa ainda para definir. Orelha, quarta capa, nada disso está pronto.

— Entendi.

— Vou lá. Até mais tarde.

— Até.

Todas as palavras de um dia inteiro. Quando cheguei em casa, Samuel dormia com a tv do quarto ligada.

Eu sentia falta do meu marido todos os dias. Sentia falta de mim. Aos poucos, sufocamos o passado e, junto com ele, nossas versões de recém-casados. Ou ao menos de um casal livre para ser o que quisesse. Impomos uma obrigação ao relacionamento que se mostrou maior do que nós.

Naquele ano, o feriado da Nossa Senhora da Conceição cairia numa sexta-feira, então alugamos uma casa na praia do Cupe para o fim de semana, só nós dois. A ideia foi dele e a princípio eu resisti, até que senti a necessidade de sair do ambiente do nosso apartamento. Ao menos lá teríamos algum espaço aberto, a faixa de areia ilimitada na sua imensidão. Talvez eu pudesse acordar cedo e sair para caminhar, ouvir meus pensamentos sem interrupções, ou talvez só ouvir o barulho do mar. Talvez ali pudéssemos nos sentar e conversar, usar as palavras que tanto evitamos nos últimos tempos, apenas para deixar tudo às claras. Encerrar um ciclo e dar início a outro. A uma aceitação de que seríamos uma família de dois e isso bastava. Não bastava?

No primeiro dia, organizei nossas roupas nos armários, guardei a comida nas prateleiras por cima da pia e deixei um bolo de maçã pronto para mais tarde. O Samuel usou esse tempo para mandar alguns e-mails e descansar, depois de uma semana cheia no escritório. Eu não trouxera nada do trabalho. Depois dos dois últimos lançamentos, no mês anterior, e semanas de quatro ou cinco horas diárias de sono, recebi uma licença de cinco dias. Quando terminei minhas tarefas, fui chamá-lo para uma caminhada. Ele ainda dormia e não quis incomodá-lo. A casa era bem diante da orla e decidi ficar por ali mesmo, assim ele poderia me localizar facilmente quando acordasse. Levei um livro de poemas do Mia Couto, que havia ganhado alguns anos atrás, e nele me afundei durante a hora seguinte. Só parei quando o Samuel se sentou ao meu lado.

— Pelo visto, estava bem cansado. — Ele encostou a cabeça no meu ombro. — Dormiu quase três horas.

— Estava mesmo — falou entre bocejos. — Essa semana foi puxada.

— Pensei em fazer um café. Me acompanha?

— Já já. Quero ficar só um pouco aqui com você. Posso?

Ainda olhando para o horizonte, peguei sua mão e entrelacei nossos dedos. Ficamos ali observando as ondas se distanciarem, enquanto a maré baixava. Naquele fim de tarde, não houve pôr do sol. A quantidade de nuvens no céu nos dizia que em pouco tempo a chuva chegaria, e assim foi. Durante o jantar, um temporal caía lá fora. Fiz um linguine à carbonara, acompanhado por um Cartuxa. Um primeiro dia sem contratempos.

Quando acordamos na manhã daquele sábado, já passava das oito. Enquanto eu preparava o café, ele ligou a TV e permaneceu deitado, procurando o canal do treino de classificação da Fórmula 1. Cortei algumas frutas, fiz torradas, ovos mexidos e um suco de abacaxi. Não havia compromissos, então fazíamos tudo com calma, sem nos preocupar com a hora. Apesar de o dia ter amanhecido com um sol típico do Nordeste, o tempo mudou no início da tarde, trazendo nuvens e um vento frio da beira do mar. Resolvemos sair para caminhar em direção a Muro Alto, e, como há muito tempo não fazia, vesti um casaquinho.

Ao longo da praia, outros casais e famílias faziam o mesmo. Seguimos pela areia molhada, onde a espuma das ondas alcançava nossos pés, não só pelo toque morno da água, mas pela facilidade de caminhar. A areia seca e fofa exigia um esforço maior.

Durante a maior parte do percurso, conversamos sobre os resorts e nossas observações acerca de cada um, já que conhecíamos praticamente todos. Estávamos retornando, quando ele trouxe o assunto de forma inesperada.

— Minha mãe nos chamou para jantar amanhã com eles, vamos?

— Você vai. Eu prefiro ficar em casa e desfazer as malas, colocar as roupas na máquina.

— Sério que prefere fazer isso?

— Samuel, eu não quero brigar.

Ele parou de andar e ficou me olhando.

— O que foi? Você não vem?

— Até quando pretende evitar meus pais?

— Eu não estou a fim de ter essa conversa aqui no meio da praia, ok?

Depois disso, me virei e continuei andando. Em casa, passei direto para o quarto e estava separando uma roupa para entrar no banho quando ele apareceu e ficou parado no batente da porta. Preferi não reagir.

— A gente precisa conversar. Você sabe disso.

— Sei — respondi ainda de costas.

Ele se sentou na cama de frente pra mim, as mãos entre os joelhos.

— Você disse a verdade aos seus pais?

— Não. Disse que estávamos tentando há alguns meses e que você estava um pouco estressada.

Eu ri.

— Ana, eu sei que todo esse processo está sendo mais difícil do que a gente esperava, mas não podemos desistir. — Ele ficou de pé e segurou minha mão. — Podemos esperar mais um ou dois meses e então tentamos de novo. E vai dar certo.

— Vai?

— Mais cedo ou mais tarde vai sim.

— E você acha que eu sou o quê? Um saco de pancada? Que vou aguentar quantas vezes for preciso?

— Eu estou aqui com você.

— Não.

— Não o quê?

— Eu não vou tentar mais. Pra mim chega.

— Então você não quer mais ser mãe?

Ainda que a minha vontade fosse bater nele ou gritar, olhei dentro dos seus olhos, cheia de choro, fúria e frustração e saí do quarto. Não deixei o terreno da casa com receio de que ele me seguisse, e tudo o que eu menos queria era fazer uma cena para desconhecidos, expondo o pior da minha intimidade. Como imaginei, alguns minutos depois ele se sentou na minha frente, na mesa da varanda. Já escurecia e a luz do poste ao lado da casa iluminava o terraço.

— Desculpa por perguntar aquilo, não quis te magoar.

Como ele não obteve nenhuma resposta, continuou.

— Você não pode tomar essa decisão sozinha. É a minha vida também.

— Eu já tomei.

— Como pode ser tão egoísta? E a minha vontade? Nós somos um casal.

— Somos?

— O que quer dizer com isso?

— Tenho a sensação de que há muito tempo deixamos de ser um casal e passamos a ser só duas pessoas que querem muito ter um filho.

— Você é essa pessoa. Eu nunca deixei de te ver como minha esposa, nunca deixei de te amar.

— Desculpa, Samuel. Eu olho pra você e me sinto perdida. Sinto que por um momento tivemos um sonho, que nunca deixou de ser só um sonho.

Cobri meu rosto com as mãos. Não conseguia controlar o choro.

— Não aguento mais pensar nisso o tempo todo. E eu sei que, enquanto estivermos juntos e enquanto tivermos relações, eu vou pensar nisso.

— O que quer dizer?

Ele olhava sério pra mim e parecia querer entender o que eu estava dizendo, até que entendeu.

— Me diz, Ana. O que eu devo fazer? Devo lutar? Ou essa já é uma luta perdida?

— Não sei.

— Você precisa saber.

As palavras estavam prontas para serem ditas. Eu só precisava de alguns segundos de coragem.

— Eu quero o divórcio, não vejo solução para o que nos tornamos.

Era uma ideia que já havia passado pela minha cabeça duas ou três vezes antes, geralmente quando chegávamos a ficar dias sem uma conversa de verdade. Em poucas horas, eu desistia e dizia para mim mesma que estava confusa. Pronunciar aquelas palavras exigiu uma coragem maior do que eu acreditava ter. Estiquei as mãos e segurei as dele. Trouxe-as para perto de mim e as beijei. Ele ficou ali parado com um olhar perdido, oscilando entre os meus olhos e a mesa. Ficamos assim por um tempo até que ele se levantou e saiu. Tudo o que ouvi depois foi o barulho do chuveiro. Dormimos em quartos separados naquela noite.

Antes de o dia clarear, comecei a organizar nossas malas. Passara a noite inteira acordada, pensando em tudo o que havia acontecido nas últimas horas. Não fazia a menor ideia do que viria a seguir. Só queria voltar para casa. Fiz um café, sem frutas nem torradas. Quando ele saiu do quarto, deu um bom-dia, pegou uma das xícaras que eu deixei em cima da bancada e se serviu. Bebemos em silêncio. Pensei em falar alguma coisa, mas nada parecia adequado.

— Pelo visto, vamos voltar mais cedo. — Ele apontou para as malas sob a escada.

— Acho melhor. Não vejo sentido em ficar aqui.

A viagem de volta foi o episódio mais estranho que aconteceu na minha vida de casada. Não trocamos uma palavra durante todo o percurso. Foi a primeira vez que percebi o tamanho do muro que se instalara entre nós. Ele dirigiu concentrado na estrada e eu passei a maior parte do tempo refletindo sobre a decisão que havia tomado na noite anterior. Era um misto de ansiedade, medo e tristeza. Fiz a coisa certa? Ao mesmo tempo, não conseguia enxergar uma maneira de remendar o que acontecera ao nosso casamento. Não fazia sentido permanecermos dois indivíduos tão avessos em suas opiniões. Ele não passou mais do que meia hora em casa depois que chegamos.

Subiu direto para um banho e apareceu na sala pouco depois com outra de nossas malas. Disse que respeitaria minha decisão e iria para um hotel. Senti a garganta travar e mil sentenças passaram pela minha cabeça. Ainda assim, não consegui falar nenhuma. Deixei que ele fosse embora sem nem ao menos ouvir qual era sua vontade.

Só consegui contar ao meu pai e à Maria duas semanas depois.

30

Uma mudança de comportamento nunca deve ser ignorada. Fazer isso é perder a chance de resolver um problema antes que ele se torne grande demais. E foi assim que minha relação com a Helen se tornou inviável. Nossas conversas se limitavam a dois ou três minutos diários no celular. Aos fins de semana, nosso relacionamento se sustentava em delivery de comida e séries da HBO. Das poucas conversas, passamos a ter pequenas discussões, até que nos envolvemos em brigas pequenas demais para serem lembradas.

É quinta-feira à noite quando ela aparece sem avisar, trazendo uma sacola de comida chinesa acompanhada de dois copos de suco. A ausência de vinho é outro indício, uma garantia de que não haverá deslizes. Quando a levo até a porta, ela se despede de forma definitiva. Não chora em nenhum momento. Leva apenas uma pequena mala com as roupas e maquiagens que costumava deixar no armário do segundo quarto.

Eu passo o resto da noite deitado no sofá da sala, com as luzes apagadas, a cabeça girando e recapitulando toda a nossa conversa. Sinto uma espécie de melancolia, mas acima de tudo me sinto confuso. É um tipo de vazio suportável, que em poucos dias desaparecerá. Na falta de vontade de me mover, fico ouvindo mais uma vez todas as coisas que foram ditas ali, há pouco. Todas as vezes que ela citou o nome da Ana e seu desejo de se sentir amada.

Durante meu casamento, Ana e eu passamos tanto tempo ocupados em seguir o plano de nos tornarmos pais que todo o resto foi esquecido, inclusive nós. Tudo o que importava era alcançar nosso objetivo. Ele estava bem à frente, como um norte, e ao mesmo tempo distante, e a nossa pressa não nos permitiu olhar para os lados. Foi assim que deixamos de nos enxergar e nos anulamos como marido e mulher. Quando ela decidiu que não tentaria mais, o passo seguinte, por uma questão lógica, só poderia ser o fim do relacionamento. Ele perdera a função que vinha desempenhando nos últimos cinco anos.

Por duas vezes menti para a Helen durante os dois anos em que estivemos juntos. Na primeira vez, precisei ver a ideia de confeitaria se concretizando com todas as características da casinha que conhecemos na nossa viagem ao interior da França. Estacionei no fim do quarteirão, numa vaga que me permitisse a visão da entrada, e consegui ver a movimentação lá dentro sem distinguir as pessoas. Talvez tenha ficado por ali dez minutos ou meia hora, não sei ao certo. Estava prestes a ligar o carro quando a vi atravessando a rua. Por um segundo, tive receio de que viesse em minha direção. Será que me viu parado ali? Ao chegar na calçada, ela se virou e ficou parada, admirando cada detalhe, um sorriso enorme no rosto. Então fez um gesto com as mãos como se simulasse o clique de uma máquina fotográfica e riu sozinha. O momento era dela, mas sem saber eu estive presente. Tive vontade de cumprimentá-la e dizer o quanto estava feliz por vê-la diante do que um dia foi só uma conversa entre nós dois. Estava linda com os cabelos soltos. Nunca gostei quando prendia em penteados formais demais para seu rosto. No momento em que percebi os pingos no vidro do carro, ela deve tê-los sentido caindo sobre a pele. Saiu correndo e desapareceu dentro da confeitaria.

Na segunda vez em que menti para a Helen, fui até a praça de Casa Forte e passei umas duas horas ali, sentado em um dos bancos, a uma pequena distância da livraria. Havia lido no jornal, naquela manhã, sobre o lançamento da versão impressa do Malagheta. A Ana não sabe, mas tenho comigo um dos exemplares autografados naquela tarde. Fiz o pedido a um casal de adolescentes que aproveitava o clima ameno para namorar. Eles voltaram uma meia hora depois. O rapaz disse a ela que se chamava Samuel. Fez questão de me contar que, de cabeça baixa, ao ouvir o nome, ela levantou o rosto e perguntou:

— Você disse Samuel?

— Sim, senhora.

Quando ele abriu o livro, lá estava.

"Para você, Samuel. Aproveite a leitura."

Agora, deitado no escuro, a cabeça rodando entre o passado e o presente, começo a sentir uma leve dor de cabeça. Acendo apenas um abajur e vou até a cozinha em busca de um copo d'água, pego um comprimido na gaveta do banheiro e volto ao sofá. Permaneço deitado, esperando o efeito do remédio. Ela invade meus pensamentos de forma insistente, como se estivesse presente nos últimos acontecimentos do dia, como se quisesse dizer algo sobre o meu término com a Helen. Até onde eu sei, ela está num relacionamento há algum tempo e, desde então, não demonstrou nenhum indício de desapego à ideia do divórcio.

Fecho os olhos e estou novamente na casa de praia no Cupe. Estávamos voltando da caminhada na areia quando tudo começou a dar errado. Ela me deixou lá e entrou sozinha. Encontrei-a no quarto e começamos a conversar até que me comunicou a decisão de desistir de todos os procedimentos. De desistir de ser mãe, o que significava que eu seria obrigado a desistir de ser pai. Dali em diante, iniciamos uma queda livre rumo à separação. Cada palavra pronunciada naquela varanda ficou guardada até hoje. Eu era capaz de reproduzir o tom da conversa que terminou com o pedido de divórcio. A Ana nunca foi de fazer ameaças, ela jamais falaria aquilo para dali a dez minutos se arrepender e dizer que não estava pensando direito. Ao ouvi-las, eu sabia que aquela ideia provavelmente passava pela cabeça dela havia algum tempo e eu não me surpreenderia. Já vivíamos como um casal de estranhos há anos.

Entrei no quarto do térreo e permaneci ali até ouvir a porta da suíte no primeiro andar se fechando. No meio da noite, saí com a esperança de encontrá-la na sala, talvez numa tentativa de a convencer a nos dar uma chance. Cheguei a subir e esperar por qualquer sinal de que ela estaria acordada. Cochilei encostado no corrimão da escada e acordei com a luz do sol no rosto. Desci antes que ela pudesse me encontrar e aguardei no quarto. Só saí quando escutei o barulho na cozinha.

No fim da manhã, a viagem mais silenciosa que já fizemos. Será que ela tentava descobrir o que se passava na minha cabeça, da mesma forma que eu desejava, mais do que tudo, descobrir o que seus olhos viam além da paisagem da estrada? Quando chegamos, subi direto para o quarto, fiz uma pequena mala e fui para um hotel. Enquanto arrumava minhas coisas, esperava por ela, por um pedido de que eu não partisse ou por uma conversa sobre o que estava acontecendo. Aqueles minutos, definitivamente, foram os piores do nosso casamento. Saí de lá com a certeza de que em pouco tempo estaríamos divorciados. Eu não poderia pedir que ela repensasse a decisão quando em nenhum momento demonstrou arrependimento. Até o dia em que assinamos os papéis do divórcio, eu aguardei. E todo contato que tivemos depois da minha saída de casa foi para definir a partilha dos bens. Eu não poderia estar mais perdido com cada inação da mulher com quem eu esperava viver o resto da minha vida.

Mais uma vez, acordo com a luz do dia no rosto. O remédio deve ter surtido efeito, sei pela sensação do corpo descansado. Nessa manhã de sexta, decido ir para o escritório mais cedo. Entro na minha sala sem hora para sair, só penso em ocupar a mente com projetos e prazos, nada mais.

31

2016

O encontro dessa noite não se enquadra dentro da definição de "às escuras". Diferentemente dos outros três, eu já estive com ela pelo menos umas cem vezes, ainda que não tenhamos trocado mais do que alguns cumprimentos no elevador e nos corredores da empresa. A Laís é a mais nova responsável pelo setor de RH, implantado há quase cinco anos, quando atingimos uma equipe de vinte colaboradores. Ela chegou na empresa há pouco mais de três meses. E, de acordo com a pesquisa do Hugo, é divorciada, sem filhos, e uma profissional muito competente, o que, segundo ele, cumpre os requisitos básicos para uma potencial namorada.

Desde a Helen, meus relacionamentos se resumem a algo em torno de cinco a seis encontros. Quando chegamos ao ponto em que começam a surgir conversas sobre um futuro a longo prazo, eu não sou capaz de atender às expectativas de nenhuma delas. Em todas as vezes, elas tomam a decisão de terminar antes que — e essas são palavras que ouvi por mais de uma vez — minha falta de atitude cause uma frustração muito grande para terem de lidar com isso depois. Entendo que, aos quarenta e um, devo passar a imagem de quem já aproveitou muito e agora deveria sossegar num relacionamento sério e quem sabe constituir uma família. A verdade é que eu já não penso em filhos há muito tempo. E, na sua totalidade, as mulheres com quem eu saio desejam ser mães em algum momento da vida. Talvez não num futuro próximo, o que não descarta a ideia de concretizar esse plano dali a alguns anos.

Passo às oito na casa da Laís e seguimos para o Toscana, como planejado. Lá, optamos por uma mesa mais reservada no térreo. Peço um Chianti e a entrada de queijo brie com damasco e presunto parma. Uma hora antes, enquanto ainda me arrumava em casa, tive dúvidas se deveria ir em frente com esse encontro. É a primeira vez que saio com alguém do escritório, e o fato de eu ser o patrão talvez represente um problema no futuro, caso, depois de hoje, a gente dê início a algum tipo de relacionamento mais íntimo. Chego a pegar o celular. O que me faz desistir é a imagem dela em sua casa, escolhendo qual roupa usar e, no meio do processo, recebendo uma ligação cancelando o compromisso. Não parece muito cavalheiresco da minha parte.

Eu não faço ideia do que esperar dela. Nunca chegamos a ter um diálogo antes com mais de duas sentenças. Quem a escolheu para o cargo foi o Hugo, e, desde então, ela costuma se reportar a ele sobre qualquer questão que necessite do aval da diretoria, representada por mim e por ele. Inesperadamente, a conversa flui de forma natural. Ela conta sobre como foi parar na entrevista para o cargo de gerente de recursos humanos. Uma amiga da época do ensino fundamental é uma de nossas arquitetas e ficou sabendo da abertura da vaga. Eu conto um pouco sobre o início da parceria com meu amigo e de como ao longo dos anos fomos expandindo nosso negócio. Deixando o trabalho de lado, fico sabendo sobre seus últimos relacionamentos, inclusive sobre o divórcio. Não tenho a intenção de falar sobre meu casamento, e ela não pergunta. Estamos prestes a pedir a sobremesa quando eu a vejo, descendo a escada que dava acesso ao primeiro andar, acompanhada de uma menina de uns cinco anos. Imagino que seja a filha da Maria. Ela passa a duas mesas de distância de onde estou, sem notar minha presença. Parece muito entretida na conversa com a sobrinha. Elas se dirigem ao banheiro e retornam alguns minutos depois. Dessa vez, ela me vê. A Laís está de costas, distraída com alguma mensagem no celular, e não percebe quando eu aceno de volta. Quero desviar o olhar, em vez de acompanhar seu movimento ao subir os degraus.

— Samuel? Está me ouvindo?

— Desculpa. Estou sim.

— Você conhece aquela mulher?

Ela se vira na direção da escada e volta a olhar para mim.

— Sim, é uma amiga.

— A gente pode pedir a conta?

— E a sobremesa?

— Você se importa se cancelarmos?

Não sei se é algum tipo de teste para avaliar minha atitude. Talvez a intenção seja que eu insista e então possamos ficar mais um pouco. Caso esse seja o caso, eu reprovo. Faço o que ela pede e solicito a conta. Dez minutos depois estamos do lado de fora, aguardando o manobrista, quando a Ana sai pela porta de vidro acompanhada do seu Humberto, Maria, o marido e a menina. Não há espaço suficiente para fingir não os ter visto. Cumprimento-os, um a um. Seu Humberto me puxa para um aperto de mão e pergunta sobre a empresa. Sou apresentado ao esposo da Maria, que entrou para a família depois da minha saída; e oficialmente apresentado à Eva, a filha deles. Da Maria recebo um abraço e da Ana, dois beijos no rosto. Então apresento Laís a todos eles. Logo em seguida, o rapaz estaciona meu carro bem em frente à saída do restaurante. Ana vai até o banco de madeira diante do restaurante com a menina e, de olhos fechados, canta alguma cantiga no seu ouvido, fazendo um afago nos seus cabelos. É a última cena que vejo antes de entrar no carro.

Quando deixo a Laís em casa, imagino que não me convidará para subir. Toda a situação foi constrangedora para os dois lados. Antes de se despedir, ela me deixa com aquelas palavras, que ecoam pelo resto da noite na minha mente:

— Sei que não me perguntou nada, mas, se eu causasse a mesma reação ao meu ex-marido, hoje não estaríamos separados. Boa noite, Samuel. E obrigada pelo jantar.

Em menos de uma semana, é a segunda vez que eu o encontro. Dessa vez não foi ao acaso. Ele veio até mim. Pelo menos, até a minha loja. Estou na cozinha, preparando uma torta de limão, quando uma das meninas do atendimento me informa que um cliente reclamou do café e do croissant, alegando que ambos estavam frios e sem graça. Nessas situações, eu sempre sou avisada. Ele está na sala lateral, em pé, procurando por algum livro ou só observando os títulos disponíveis nas estantes. Quando identifico quem é o cliente, penso em dar a volta, mas ele já me viu.

— Soube que não gostou do seu pedido.

— Na verdade, eu vim dar os parabéns atrasados pela confeitaria. Não sabia se você viria caso eu desse o meu nome.

— Por que não?

— Foi só um pensamento, preferi não arriscar.

— Bom, obrigada.

Ele segura um exemplar de À *espera de um milagre* nas mãos.

— Sempre quis ler algum dos livros do Stephen King.

— Você já sabe o final desse. Não lembra que já viu o filme?

— Lembro. É que uma pessoa uma vez me disse que o melhor do livro não é o final, e sim o meio.

Ele me deixa confusa com essa conversa.

— Não sei se sabe, mas não fazemos empréstimos. O livro só pode ser lido aqui.

— Eu imaginei.

— E esse tem quatrocentas páginas.

— Eu vi.

Ele passa quase dois meses aparecendo de uma a duas vezes por semana. Em algumas delas estou ausente, e só fico sabendo por alguma das meninas. Em outras vezes, ainda que saiba da sua presença, opto por não aparecer. O único contato que temos durante esse período são acenos ou sorrisos à distância. Não faço ideia do que ele está pretendendo com essas aparições, algumas às terças ou quartas, deixando seu trabalho para tomar um café e ler, hábito que nunca teve enquanto estivemos juntos.

Como se planejado, ele termina a leitura num fim de expediente de um sábado, quando já não há outros clientes nem funcionárias, dispensadas no fim do turno. Está sentado na mesa de frente para o balcão, de onde não saio.

— E aí? Gostou do livro?

— Mais do que do filme.

— Eu também. Posso levar sua conta?

— Está me colocando para fora?

— Nós fechamos às sete da noite. Já se passaram quase trinta minutos do meu horário.

— Tem algum compromisso mais tarde?

— Não, só estou cansada.

— Muito?

— Por quê?

— Pensei em te chamar para tomar um vinho.

Na ausência da minha resposta, ele continua:

— O que foi? Está com medo?

— O que você está querendo, Samuel?

— Nada. — Ele se endireita na cadeira e eu sinto minhas mãos gelarem. — A verdade é que não sabia se voltaria para concluir minha leitura.

Entre nós dois deve ter uma distância de uns três ou quatro metros. Eu ainda estou atrás do balcão e ele sentado na primeira mesinha para quem entra. Está encostado no vidro de um dos janelões, de frente para mim. Eu não consigo mover minhas pernas, meus tênis parecem, de alguma forma, colados ao piso de madeira. Eu não esperava que ele voltasse a aparecer na minha vida, muito menos receber um convite para sairmos juntos. O Samuel nunca soube que, para mim, superar o fim do nosso casamento foi um dos processos mais demorados e difíceis pelo qual tive que passar. Por muito tempo, vivi com a sombra de algo entre uma dúvida e um arrependimento.

— Entendi. E quando mudou de ideia?

— Agora.

Tento calcular o que cada possível resposta causará para nossa vida. Eu não perguntei, nem chegou a mim nenhuma informação sobre seu relacionamento com a menina do jantar no Toscana, só suponho que não tenha dado certo. E o que eu devo esperar? Uma conversa entre dois adultos? Como ignorar o fato de ele ser o Samuel, o meu Samuel, por tanto tempo? E depois?

— Você se importa se deixarmos para amanhã? Um café logo cedo? — É tudo o que consigo responder, assim tenho tempo para pensar. Para desistir ou tomar a coragem necessária de permitir que aquilo aconteça.

Apesar da decepção no seu rosto, ele deixa um cartão sobre a mesa com o número do seu celular. Pede que eu mande uma mensagem com o endereço e às sete em ponto estará me aguardando. Sinto uma frieza quando deixa uma nota de vinte junto do cartão da empresa, levanta e sai pela porta da frente. Eu ainda fico alguns minutos sentada no banco, por trás da vitrine de doces, analisando tudo o que acabou de acontecer.

Não tenho noção do que está ocorrendo. Essa é uma daquelas ações que fazemos sem sentir, quase de forma automática. Ainda de cabeça baixa, observo o carpete do chão do elevador do meu prédio. Só entendo quando levanto o rosto e, ao me olhar no espelho, ele está lá, o sorriso de anos atrás.

Às seis, entro embaixo do chuveiro e tomo uma ducha morna. Dez minutos depois, enrolada na toalha, passo o pente no cabelo, num movimento lento, observando o meu reflexo na penteadeira e aceitando toda a verdade que meus olhos denunciam. Escolho o vestido verde-musgo que me faz sentir bonita e confortável ao mesmo tempo. Passo o protetor solar, o pó, e coloco meu tênis bege. Resolvo aguardar no sofá azul do lobby de entrada.

Às sete e um, ele estaciona do outro lado da rua. Observo quando sai do carro e se apoia na lateral do capô. Parece surpreso quando, poucos segundos depois, me vê empurrando a porta de ferro, ainda de cabelos molhados, quase como se já tivesse a certeza de que eu não viria.

Resolvemos ir a pé até a padaria Augusta, a dois quarteirões do meu prédio. É uma manhã nublada de domingo e a missa deve estar terminando. Ao passarmos pela porta, ouvimos o padre anunciando a bênção final.

Agradecimentos

Ao mestre Luiz Antonio de Assis Brasil por compartilhar seu conhecimento e transformar minha escrita. Aos amigos de oficina (Aline Caixeta, Ana Carol Mesquita, Antonella Catinari, Cibele Favrin, Eduardo Villela, Isadora Vianna, Marcos Vinícius Ferreira, Marília Lovatel, Orete Nascimento, Pedro Santos, Rodrigo Sena, Simone Barata, Sofia Mathias e Virgínia Botelho) pela leitura e sugestões ao texto. Ao mestre Raimundo Carrero por ser a primeira e tão importante fonte de aprendizado da escrita criativa. À Aline Caixeta pelo excelente trabalho de revisão. À amiga Virgínia Botelho por ter aceitado escrever a orelha da primeira edição do livro e por todos os momentos de troca e desabafo sobre o processo de escrita. Ao Roberto Schmitt-Prym por acreditar em mim. Ao Luiz Vilela pela leitura crítica e sugestões. À minha família e amigos pelas palavras de incentivo. Ao meu marido Ceciliano Parahyba por ser meu maior encorajador, sem você eu não estaria seguindo esse caminho. À NR, você está por todo o livro.

TIPOGRAFIA Adriane por Marconi Lima
DIAGRAMAÇÃO Vanessa Lima
PAPEL Pólen Natural, Suzano S.A.
IMPRESSÃO Gráfica Santa Marta, setembro de 2024

A marca FSC® é a garantia de que a madeira utilizada na fabricação do papel deste livro provém de florestas que foram gerenciadas de maneira ambientalmente correta, socialmente justa e economicamente viável, além de outras fontes de origem controlada.